GENTOSHA OUTLAW BUNKO

若月 凜

幻冬舎アウトロー文庫

両手に花を

目次

プロローグ

奥村弘樹は向こうの線路を走り抜けていく電車を見て、改札へと向かう足を止めた。

（お、シングルアームパンタグラフだ。珍しいな。二一一系なのに）

銀色の車体が夕陽に光って美しい。鉄道ファンの弘樹にとって、電車通勤は楽しい時間だ。同じ駅で乗り降りしていても、日々新しい発見があり、目を楽しませてくれる。

朝のホームは殺気立っているが、夕方の駅は暖かい光が降り注ぎ、開放感に満ちている。まして今日は、納品が無事終わり、定時ぴったりに帰ることができた特別な日だ。残業続きで疲れているにもかかわらず、さっぱりして気分がいい。

デジカメを探そうとして、カバンを開いてもたもたしていたら、チッという舌打ちのあと、いらだたしげな声が背中にかかった。

「オッサン、邪魔なんだけど」

振り返ると、髪を茶色に染めた女子高生が、ガムをくちゃくちゃ嚙《か》みながら、弘樹をじろっと睨《にら》んでいる。

一瞬の間があいたのは、自分のことだとはわからなかったからだ。

「あ、ああ、ごめん」

弘樹は、謝罪してからホームの隅へと移動した。

（オッサン、かぁ……。まぁ、そうだよな。四十歳だし。ああいう子の父親だったとしても、不思議じゃない年齢なんだよな）

就職氷河期に高等専門学校を卒業した弘樹は、小規模なソフトハウスにプログラマとして就職した。

二度の転職を経て、現在はリナックス系のシステムエンジニアに納まっている。いつの間にか四十代になった。一年ごとに契約を更新していく契約社員で、役職もついていない。

自分では若いつもりだが、女子高生にはオヤジに見える年齢だ。

弘樹はようやく見つけたデジカメを線路に向けた。カオスな状態になっているカバンは、アパートに帰ってから整理しよう。

カメラを持って待ちかまえているのだが、通り過ぎる電車は菱形のパンタグラフばかりで、シングルアームはなかなかやってこない。

「うーん……」

迷いながら、カメラを線路に向けていたときのことだった。

「じゃあね、春花《はるか》。元気出してね。春花って、思い詰めちゃうところがあるから、心配なのよね。食欲もないみたいだし」

「あはは。平気よ。しのぶちゃん。バイバイ」

少女たちの明るい声に誘われて振り向くと、弘樹の背後をショートカットの女子高生が駆けて行くところだった。

すらっと伸びた長い足が魅力的な女の子で、きりりとした横顔が夕陽に輝いている。男子よりも、女子生徒の人気を集めそうな女子高生だ。どこかで見た印象があるのは、全盛期の内田有紀に似ているからだろう。

電車を待っている女子高生が、ボーイッシュ少女に振っていた手を下ろす。さっきの内田有紀とは対照的に、大人《おとな》しそうな雰囲気の少女だった。

（お雛《ひな》様みたいな子だな）

卵形の顔に、くっきりと大きい切れ長の瞳《ひとみ》と形の良い鼻梁《びりょう》、桜色の唇が絶妙のバランスで納まっている。ストレートの黒髪が風に揺れて美しい。シックなデザインのセーラー服がよく似合う。

笑うともっとかわいいだろうと思うのに、春花と呼ばれた少女は、眉根《まゆね》を寄せて目を伏せている。学生カバンが重そうだ。

(体調が悪いのかな?)

彼女の顔は色白を通り越して、青ざめて見えた。うなだれてため息をつく様子は、今にも倒れそうに見える。

伏せた睫《まつげ》が影を落としている表情は生気に乏しく、綺麗《きれい》な子なのに、周囲に埋没して目立たない。

そのとき、電車の進入を知らせる音が、不穏なリズムを帯びて響いた。

彼女は顔を伏せたまま、じっと立ちつくしている。上半身がゆらゆらして、今にも倒れそうだ。

電車が入ってきたことに、気がついてないのだろうか。

弘樹はデジカメを持つ手を下ろし、彼女を見つめた。

彼女の上半身がぐらりと揺れた。このままだと線路に落ちる。落ちないまでも電車に接触してしまう。

電車はどんどん大きさを増して迫ってくる。いつもなら機能美に見とれるのに、まるで彼女を食らう恐竜のように不気味に見えた。

「危ないっ」

弘樹は少女に向かって駆けだした。

デジカメを放り出し、彼女のお腹《なか》を抱きしめて後方へと引く。

勢いあまって尻餅《しりもち》をつく。彼女のお尻が、弘樹の太腿《ふともも》の上でぽよんと弾む。

一瞬遅れてデジカメが落ち、電子部品がつぶれる音が痛そうに響いた。

長いような短いような時間が経過し、音が聞こえなくなった。

電車が停車し、ドアが開いた。乗客がいっせいに降り、抱きあって座りこむ女子高生と中年男を、不審そうに見つめながら歩いていく。

(うわ……やべぇ……)

胸のふくらみが腕に当たっている。

見知らぬ女子高生を背後から抱きしめてしまった。

助けるためにやったこととはいえ、痴漢だと騒がれるのではないだろうか。

困惑していると、春花はよろめきながら立ちあがった。

「ありがとうございます」

座りこんだままの弘樹にふかぶかとおじぎをした。

彼女の細い手がデジカメを拾いあげる。砂が落ちるような安っぽい音がした。壊れていることがはっきりわかる。

彼女は痛そうに顔をしかめた。

壊れたデジカメに、自分をなぞらえているようにも思えた。

さっき、内田有紀はこう言った。

『元気出してね。春花って、思い詰めちゃうところがあるから、心配なのよね。食欲もないみたいだし』

(自殺？　電車に飛びこもうとした？　もったいない。こんなに若くてかわいいのに)

「私のせいでごめんなさい。許してください」

弘樹は立ちあがった。

この子を止めなくてはならない。

楽しい思いをさせて、自殺なんてくだらない、生きているほうがいいと思わせなくては。

「許さない」

それは弘樹の正義感が言わせた台詞《せりふ》だが、春花はビクッと肩を震わせた。

怯《おび》えて身体《からだ》をすくませながら、泣きそうな口調で言う。

「デジカメ、弁償しますから……」

「弁償はしなくていい。修理代だ。来てくれ。一緒に遊ぼう」

春花は迷うように瞳をゆらめかせている。

弘樹の真意をはかりかねているらしい。

「あやしいものじゃない。これ、名刺」

背広の内ポケットから名刺入れを出して渡す。

「はい？」

名刺になじみがないらしい女子高生は、首をひねりながら受け取って、ろくに視線を落とさずに学生カバンに納めた。

「おいしいものを食べて、楽しくすごすんだ。ケーキバイキングなんかどうだろう。俺がおごってやる。死んだら食べれないぜ。どうかな？」

春花は、小首を傾《かし》げ、ふふっと笑った。

花がこぼれるような愛らしい笑みだ。

「はい。お願いします」

彼女はふかぶかとおじぎをした。

ストレートロングの黒髪がさらさら揺れて、フローラルシャンプーの香りが漂った。

「どこに行くんですか？」

「うーん。そうだな。……ちょっと待ってくれ」

弘樹はスーツのポケットから携帯を取りだすと、ネットにつないで検索した。

地名を入れ、ケーキバイキングで検索する。

「これ、どうだろう。自慢のスコーンと紅茶で、英国式アフタヌーンティーをお楽しみください。スコーンと紅茶はおかわり自由です……うわ、メイド喫茶だ……。アキバじゃなくてもあるもんだな」

「いいですね。私、メイド喫茶って行ったことないんです。行ってみたいです」

「じゃ、行こう」

第1章　素敵なおじさま

弘樹が扉を開けて店に入ると、メイドたちの高い声がはじけた。

「お帰りなさいませ」

メイドドレスのウエイトレスにおじぎされ、春花が周囲を見回してきょろきょろしている。

きょとんとした表情があどけない。

「お嬢様、ご主人様、どうぞこちらへ」

春花は、自分の鼻先を指先で押さえ、私？　とばかりに小首を傾げた。驚いているらしく瞳が寄り目になっている。

弘樹は笑いながらうなずいた。

奥まったテーブルに案内される。

予想を裏切って、内装はシックだった。

ウエイトレスが着ているドレスもぺらぺらしていず、裾丈《すそたけ》は踝《くるぶし》まであり、上品なデザインだ。

「アフタヌーンティーでいいよね？　二つお願いします」

オーダーを取りにきたウエイトレスに頼む。

「紅茶の種類はいかがいたしましょう。ご主人様」

「えっと、そうだな。アールグレイで」

「私はダージリン」

「かしこまりました」

メイドはおじぎをしてさがっていった。

「ふふっ。あの服、かわいい。ひらひらね。私も着たいな」

春花は目を細めて笑っている。

メイドよりも、セーラー服の春花のほうがずっと綺麗だと思ったが、口に出さずに自重する。

「メイド喫茶が好きなんですか？　おじさま」

（おじさま？　俺のことか）

おもはゆい気分で頭を掻《か》く。

「いやそんなに。ずいぶん前に、アキバで一回行ったけど、文化祭みたいで落ち着かなかったな」

「ここは落ち着きますね。お嬢様なんてはじめて言われちゃったわ」

春花はにこにこと笑った。

「客はお嬢様とご主人様で、店はお屋敷で、ウエイトレスは、ご主人様とお嬢様にお仕えしているメイドってコンセプトらしいんだ」

「たしかに、洋館の一室、って雰囲気ですね」

春花はうっとりと目を細めながら、店内を見渡した。

二人のウエイトレスが、紅茶のポットと、生クリームのかかったスコーンの皿を持ってやってきた。

ポットから注がれる紅茶が琥珀《こはく》色に輝く。

「いい香り……。頂きます。あ、おいしい……」

春花はナイフで切り分けたスコーンをフォークで口に運び、幸せそうに笑み崩れた。

あっという間に食べ終わり、もっと食べたそうな顔をする。

「おかわりしたらどう？」

「そうね。もうひとつお願いします」

ウエイトレスを呼び止め、おかわりを頼む。おだやかに笑いながらフォークを動かす様子は、悩みなどなさそうに見える。

（こんな子が、どうして自殺未遂なんてしたんだろう？）

好奇心がふくらむが、聞いてはいけない気がした。

（俺の勘違いで、実はただの貧血だったりして……。だったら、俺、ただのナンパ男ってことになるな）

春花はさらにおかわりを繰り返し、今はもう四皿目だ。

「秋葉原、よく行くんですか？」

「え？」

「だっておじさま、さっき、アキバでメイド喫茶に入ったっておっしゃっていたわ」

「うん。そうだね。電子部品とかアキバだと買いやすいから。電子工作とか趣味なんだ。高専だったからね」

「こうせん？」

「高等専門学校。ＮＨＫで高専ロボコンとかやってるだろ。あの高専」

「ロボコンって、手作りのロボットを操作してサッカーしたり、ロボットで積み木を積んだりするやつですよね？　理系の大学なんですか？」

「うん。機械工学。五年制だから、短大相当になるんだ。好きな勉強がいっぱいできて楽しかったよ」

「好きな勉強ができるっていいですね。そういう進路もあるのね……」

春花は自分の将来になぞらえているのか、うなずきながら聞いている。

「そうだね。今は、いい大学を卒業すれば人生安泰なんて時代じゃないから」

（えらそうなこと言ってるな。俺）

ほんとうは、中途半端な学歴に、大学にいっておけばよかったと思うことがあった。だが、春花の前では、立派な大人の男性でいたい。

「おじさま、お仕事、何ですか？」

「SEなんだ」

「えっと？」

「システムエンジニア」

「エンジニアなんですか？　すごいわ」

素直な尊敬の視線で見上げられ、お腹の奥がムズムズする。くすぐったくて気分がいい。

「でも、おじさまって、ステキなスーツを着てらっしゃるのね。エンジニアって作業着だと思っていました」

「SEっていうのは、プロジェクトマネージャーだから。プログラマと違って、社外の人と逢《あ》うことがあるからね」

「そうなんですか？　えらい人なのね」

弘樹は照れて苦笑した。背広は量販店で買った安物だし、中身はただの高齢オタクだ。だが、尊敬の視線で見上げられるのは悪い気分ではない。胸の奥が甘く疼《うず》く。

「食べないんですか？　おじさま」

「俺、紅茶とか甘いものって苦手なんだ。この紅茶、香りがキツイし」

「だって、アールグレイだし」

「紅茶の種類ってよく知らないから、適当に頼んだんだ」

「だったら、私、おじさまのスコーンを頂いてもいいですか？」

「いいけど、食べかけだよ。食べ放題なのに」

「食べ放題だからこそ、残しちゃだめだと思うんです」

(いい子なんだ。この子)

高専の五年間は見渡す限り男ばかりだったし、社会人になってからは仕事に忙しく、女性と差し向かいでケーキを食べる機会なんて、いまだかつてなかった。

(高校のときに、こんな子とつきあえてたらよかったな)

おじさまと呼ばれる年齢になってしまったことに、ほろ苦い思いを嚙みしめる。

「どうぞ」

「ありがとうございます」

春花の操るフォークが、弘樹の食べかけのスコーンを口に入れていく。ピンクの唇がなまめかしく、白い歯と舌が覗《のぞ》く。ドキンとする光景だった。

「ふふっ。お腹いっぱい。こんなにおいしく食べられたの、久しぶりな気がします」

彼女は空のお皿に向かって、行儀よく両手をあわせた。

「そろそろ出ようか」

オーダー表を持って立ちあがり、精算して店を出る。

「行ってらっしゃいませ。お嬢様、ご主人様」

メイドたちの甘い声が背中ではじけた。

春花がくすぐったそうに笑っている。

思いがけず長居したようで、もうあたりは暗くなっている。

「おじさま、ごちそうさまでした」

店を出るなり、春花がふかぶかと頭をさげた。

セーラー服の三角襟から、胸のふくらみがかすかに覗き、どぎまぎする。

「どういたしまして。元気出た？」

「はい。出ました」

風が春花の黒髪をさらさら撫《な》でる。彼女は小首を傾げ、髪を押さえた。はにかんで笑っている様子は、アイドル歌手でもちょっといないほどのかわいさだ。

「寄り道せずに帰るんだよ。じゃあ」

手をあげて歩き去ろうとしたら、春花が「あ」と声をあげて追いすがってきた。

「えっと、デジカメ、弁償します」

「いいって。買ったばかりだから」

「だったらなおさら弁償を」

「保証期間中だから平気だよ」

そう言いながら歩いていく。

春花は学生カバンをぶらつかせながら小走りで追いかけてきた。

「あの、あの」

「何？」

「気持ち悪い……」

彼女は、うつむくと、手のひらで口を押さえた。

「わーっ」

食欲がなかった彼女が、急にスコーンを五皿も食べたのだ。吐きそうになっても無理はない。

「ど、どうしよう。コンビニ、は、まずいしっ。胃薬はあるけど、水を、……そ、そうだ。そこ、入ろう」

弘樹は、すぐそこにあるホテルを指差した。

このあたりによくある、幕張メッセの展示会客を当てこんだビジネスホテルだ。

「はい。お願いします」

＊

「もう平気？」

ビジネスホテルのそっけない調度の一室に、セーラー服の女子高生がいる様子は、どこか不思議な光景だ。

安っぽいホテルの部屋で、彼女の周囲だけが光り輝いているように見える。

「はい。頂いたお薬とお水を飲んだら、お腹が落ち着きました。私、ずっと食べてなかったんです。でも、スコーンがおいしくて、ついたくさん食べてしまいました。でも、おじさま、胃薬なんて、どうして持ち歩いているんですか？」

「納期前になると、胃が悪くなるんだ。だから、胃薬はSEの必需品」

「そうなんですか。忙しいんですね。大変なお仕事だわ」

「そうでもないよ。土曜出勤はしょっちゅうだけど」

会話がとぎれた。

春花は迷うように瞳をゆらめかせると、何か言いたそうに口を開いた。だが、言葉を発せず、うつむいてしまう。

「どうかした？」

促すと、ようやく春花は話し出した。

「あのう、私、春花っていいます。春の花って書くの。……おじさま。お願いがあります。今晩、おじさまと一緒にすごさせてください」

弘樹はとまどった。

ホテルを取ったのだから、セックスは自然の流れと言える。

彼女はその気なのかもしれない。

だが、包容力のあるおじさまとしては手も触れずに彼女を帰すべきではないのか。

「親御さん、心配するぞ」

「平気。母子家庭で、母は、そのう、出張だから。私、家に帰りたくないの」

　彼女の顔が泣きそうに歪《ゆが》む。

「わかった。俺、床で寝るから、君はベッドを使うといいよ。何もしないから安心してくれ」

「どうしてそんなに親切にしてくださるんですか？　赤の他人なのに」

「ええと……」

　弘樹は口ごもった。

　ほんとうにどうしてだろう。この子がかわいいから？　気になるから？　この子といると、立派な大人でいられるから？　自殺なんてもったいないから？　女っ気がなかった青春時代をやり直している気分になるから？　すべて正しく、少し違う。

　考えたあげく出た言葉は、とても単純な一言だった。

「君が心配だから」

　春花は、大きな瞳を見開くと、涙をぽろぽろとこぼした。

「おじさまっ」

　駆け寄ってきた彼女に抱きつかれ、面食らう。

　胸板に押しつけられている弾力のある乳房。セーラー服に籠《こ》もる美少女の体臭。フローラルシャンプーの香り。

そんな気はなかったはずなのに、女子高生の未熟な魅力に、下半身が反応した。

「おじさまが好きなのっ。私を抱いてっ」

弘樹は、意志の力で、春花の肩を持ち、彼女を引き剝《は》がした。

「大人をからかうんじゃない」

叱《しか》りつけるような、厳しい口調になった。

「からかってません。私、母子家庭で、お父さんがいないんです。お父さんって、おじさまみたいなのかなぁ、って……。お願いっ。おじさまっ。私を抱いてっ」

むしゃぶりつかれ、腕をふりほどく。

「君はかわいいから、年相応の恋人ができるよ」

春花は抱擁をほどくと、きゅっと唇を引き結び、思い詰めた表情を浮かべた。セーラー服をくるくると脱ぎ捨てる。白いブラジャーに包まれたまあるい乳房が現れる。

そしてスカートをも脱ぎ捨てる。

ヒダスカートは、彼女の周囲に丸い輪を描いて落ちた。甘い体臭がいっそう濃く漂ってきた。

「わっ」

弘樹はどぎまぎと目を逸《そ》らした。

セーラー服の下には、大人の身体が息づいていた。

着痩《きや》せするタイプなのだろう。ほっそりして見えた彼女は、意外にもグラマーだった。鎖骨のへコミの下に、ブラジャーに包まれたまあるい乳房が見事な谷間を見せている。平らなお腹に、縦長のお臍《へそ》。腰はハート型にせり出していて、白いショーツに包まれた股間には、恥丘の翳《かげ》りがわずかに覗く。すらっと伸びた長い足がまぶしい。

「私はおじさまがいいの！　だっておじさまは、私を助けてくれたものっ。あのとき、おじさまが止めてくれなかったら、私、死んでいたかもしれないのよっ」

抱きつかれ、唇を重ねられた。

女子高生の唇はひんやりぷにぷにして、ダージリンの味がした。

「んっ、……んっ……はぁっ……」

もうだめだ。もう抑制できない。

この子の前では、『素敵なおじさま』でいようとしたのに、ストッパーが飛んでしまった。

（こんなの淫行《いんこう》だ。犯罪なんだぞ。もしもこの子が警察に駆けこんだら、俺は捕まってしまうんだ）

（違う。そんなことしない。春花はいい子だ。純朴で、まじめな子なんだ）

（いい子だからこそ、手を出しちゃいけない。この子は勘違いしているんだ。俺なんかを本気で好きなわけじゃない）

春花の「好き」は、心理学で言う吊《つ》り橋理論。極限状態における興奮が生み出す錯覚だ。

理性が警鐘を鳴らしているにもかかわらず、欲望が身体の奥でふくらんでいく。

弘樹は、だらんとさげていた手を春花の背中に回すと、彼女をぎゅっと抱き寄せた。

ほっそりした彼女の身体がビクンと震え、長い睫がフルフル揺れる。

そして、ほんの少しずつ、キスを深くしていく。

「んっ、んっ……んんっ」

（俺にできるのか？）

弘樹は素人童貞だ。イメクラにはたまに行くものの、はじめての体験だろう春花を、いい気持ちにさせてあげることができるのだろうか。

舌を口唇に差しこんだとき、びっくりして瞼《まぶた》を開いた彼女と目があった。

「あ……」

春花の黒い瞳に、自分の顔が映っている。その表情がいかにも自信ありげに見えて苦笑する。

（そうか。春花には、俺は、こんな風に見えているんだ）

春花は目を閉じた。その顔が、『どうにでもしてください』と言っているようで、劣情がふくらんでいく。

高専卒で四十代。給与は多めかもしれないが、契約社員で、来年、契約が継続しているのかもわからない。財産もなく、妻子もいず、恋人もいない。

その自分が、娘のような女子高生にキスをしている。

夢のようだった。

舌をからめとると、彼女の身体がビクビクッと震えた。

「ふぅっ……んっ、んんっ……」

彼女の喉《のど》が、弘樹が送りこんだ唾液を、ごくんと音を立てて嚥下《えんか》した。

舌が痺《しび》れるほど長くキスをしてから、唇を放す。

彼女は赤く染まった顔を伏せ、人差し指で唇を押さえ、はぁっとため息をついた。

小首を傾げ、身体をひねったその様子は、未熟な色気にあふれていた。

「気が済んだらお帰り。タクシーを呼んであげよう」

荒れ狂う欲望をもてあましているくせに、理性的なことを言う自分にあきれてしまう。

「いやよっ。帰らないっ！」

春花がすがりつく表情で言うと、背中に手を回した。後ろ手にホックを外し、ブラジャーを取り払う。

白いふくらみがぽろんとこぼれた。

ピンクの乳輪はぷくんとふくらみ、ピンク色の小さな乳首が上を向いている。若い肌の甘い香りがふわりと香る。

彼女は自分からベッドに仰向《あおむ》けになると、クロスした腕で乳房を抱き、きゅっと目を閉じた。

「お願い、おじさまっ。私を抱いてっ」

震える声で訴える。

「その呼び方、やめてくれないか。名前で呼んで欲しいんだ」

おじさまと呼ばれると、人格者でなければと思ってしまい、ふらちなことはできなくなる。

「名前……？」

「弘樹だよ」

「弘樹さん」

半裸の美少女に名前を呼ばれるのは、新鮮な気分だった。

ワイシャツを脱いだものの、彼女を怖がらせるのではないかと考えて、ズボンをはいたままで彼女に覆い被《かぶ》さった。

春花は緊張でこわばった表情を浮かべ、がちがちと震えていた。保護しなくてはいけない小動物のようでどきどきする。

「怖くないよ。平気だから。俺にまかせて」

(すげぇな。俺、えらそうなこと言ってるよな)

自分にあきれながら、もう一度軽くキスをする。

胸を隠している腕をそっとずらすと、胸乳がぷるるんと揺れた。

「かわいい」

胸の谷間にそっとキスをする。

「やだ、お髭《ひげ》が……」

「ごめん。土曜だから剃《そ》らなかった。嫌かな？」

「嫌じゃないけど、くすぐったくって」

弘樹は、乳房の真ん中で顎《あご》をこすりつけるようにして左右に振った。

「ふふっ、くすくすっ、やだっ。くすぐったいわっ。おじさま」

またおじさまに戻ってしまった。

「弘樹さんって呼んでくれ」

「弘樹さん」

弘樹は片方の乳首をねぶり、もう片方の乳房をそっと揉《も》んだ。

「あぁっ、んっ、んんっ」

春花の顔がエロティックにとろけ、口唇を指で押さえた。

あふれる声を押し殺そうとしているみたいだった。

彼女の乳房は、ぷりぷりと弾力があった。見た目はいかにも柔らかそうに見えるのに、硬いほどに弾力がある。

Dカップほどのふくらみは、まるで彼女の年若さを示すように、指をぷるぷると弾《はじ》き返してくる。

乳首は小さいのだが、舐《な》めるとコリコリと硬くなってきた。

軽く吸ったり、顎を押し当てたり、舌先で転がしたりして玩弄《がんろう》する。

「あぁっ。お、おじさまぁっ。右だけじゃいやぁっ。左も、してぇっ」

苦笑しながら、左の乳首にキスをする。

「あっ……あぁっ……んっ……」

ぴちぴちと弾む若い身体、フローラルシャンプーの香り、女子高生特有の甘酸っぱい体臭。

彼女と抱きあっていると、自分まで若返ってしまいそうだ。

（どうしよう。なんだかすごく、気持ちがいい）

春花はくなくなと顔を振った。

「んっ……んっ……」

キスもペッティングも心地良い。こわばりをとかすようなやさしい感触だ。触れあっているところから体温が伝わってきて、いい気分になってくる。

春花の乳房は、内側に硬い芯があり、触ると痛むときがある。だが、弘樹の手は痛くない。まるでその芯でさえ、揉み出されて溶けてしまいそうだ。

とくにたまらないのは、乳首を吸われる感触だった。身体の中から何かが出てしまいそうだった。

「んっ、あぁっ……はぁっ、んんんっ……」

身体の奥が熱く火照《ほて》り、汗が噴き出す。下腹の奥がきゅんと疼き、熱い何かが身体の内側に満たされる。春花は、おじさまの腕の中で、ぴちぴちと悶《もだ》えた。

「はっ、はぁっ……んっんんっ」

弘樹は、片方の乳房を揉みながら、もう片方の手で脇腹や腰の脇、背中をタッチしている。

とくに脇腹がたまらなかった。

こんなところが感じるなんて思わなかった春花は、身体をひくっと震わせた。

「あんっ、あぁっ、……お、おじさまぁっ!!……じゃなくて、弘樹さん」

弘樹は、ふふっと笑った。

「あ、笑い方、ちょっとかわいい」

「こら、大人をからかうんじゃない」

「おじさ……弘樹さん。好きよ」

「ありがとう」

弘樹は、両の乳房を麓《ふもと》から両手で握ると、パンを捏《こ》ねるように揉みだした。おじさまの大きな手が胸のふくらみを揉むたびに、下腹の奥がキュンと疼きショーツの奥底が熱くなった。

春花は腰を無意識にもじつかせた。

「あっ……あ、……あぁっ……」

(あれ?)

弘樹は手触りが変わってきたことに、目を見開いた。

おっぱいの弾力が変わってきた。内側に硬さを残した未熟な乳房が、少しだけ柔らかくなっている。

「気持ちいい……弘樹さん」

弘樹はすっかりうれしくなった。

（かわいい。この子、すごくかわいい）

頰《ほお》を興奮に上気させ、はじめての快感に震えている彼女は愛らしかった。どきどきと胸が弾む。まるで高校生に戻った気分だった。

「取るよ」

腰の脇に手を掛け、ショーツを引き下ろしていく。恥丘を飾るヘアが見えた。

春花はまた乳房を手のひらで隠している。

ミルク系の甘い香りが鮮明に立ち上った。ショーツの奥底はベットリと濡れていた。

「や、やだっ。恥ずかしい」

春花が恥じらって足をばたつかせたので、ショーツをめくり下ろすのは容易だった。くるくるによじれたそれを、足首から引き抜き、ベッドの下に落とす。

春花は仰向けになったままで、片腕で胸を抱き、もう片方の手で股間を隠して震えている。

弘樹は、彼女の足首を持ち、膝《ひざ》が胸につくほど深く倒してから、左右に開いた。

「いや、そんな、恥ずかしい……」

「見たいんだ。君のオマ×コ」

真っ白な太腿の中心で、春花の秘部が息づいていた。薄いヘアは割れ目を隠すほどではない。恥丘も大陰唇もぷっくりして、若々しい形をしている。

秘芽はフードの中に隠れて、ピンクパールの芯を露《あら》わにしている。スリットはピッタリ閉じて、ラビアの先端だけが覗いていた。

若くて清潔な秘部だった。

「あぁ……はぁ……っ、み、見ちゃ、いやぁ……っ」

春花が甘い声をあげて腰をひねった瞬間、秘裂から透明な愛液がとぷっとあふれた。

チーズケーキを思わせる甘酸っぱい乳製品の香りが立ち上る。

「うっ、うぅっ」

ラビアごと大陰唇を割り、秘裂を露わにさせる。桃色の粘膜に、襞《ひだ》を集めてすぼまった肉のへこみがあった。

「……い、いや、恥ずかしい……恥ずかしいっ」

彼女が腰をひねった瞬間、愛液がぷつっと吹きだした。

「見ないで……。恥ずかしい……」

春花は腰をひねって悶えた。

死にそうに恥ずかしいにもかかわらず、視線が物理的な刺激になってちくちくする。もっと見て欲しいような、触って欲しいような気分になる。

おじさまが無言になってしまったことも怖かった。

「い、いや、見てるだけ、なんて……。やだ。私、恥ずかしい」

まるで催促しているようなことを言ってしまい、顔を背けて恥じらっていたとき、ひんやりした指が膣口《ちつこう》にめりこんだ。

「きゃっ」

知識としては知っていたが、今までまるで意識しなかった身体の内側に指が沈んでいく。痛くはないが、驚きと意外さに目を見開く。

おじさまと視線がからみあう。

「狭いな」

「ごめんなさい」

「え？」

「はじめてで、ごめんなさい」

「ど、どういう、意味？」

意外そうな顔をされてとまどう。

「だって、私、してもらうばかりで、何もできなくて、も、もうしわけ、なくて……」

おじさまはふっと笑った。

「バカ。そんなこと、気にするな」

膣口にめりこんだ指は、円を描くようにくるっと動くと、あっさりと取り払われた。ベッドがギシッと鳴り、おじさまが身体を起こす気配がした。

(そろそろなのね。痛いのかな? 痛いっていうよね……)

ティーンズ雑誌でも、女の子同士のきわどい話でも、初体験は痛いと書いてあった。春花は乳房を手で隠しながら、覚悟して目を閉じた。

ヘアがそよいだと思うと、熱い舌先がクリトリスをぺろっと舐めた。

苦痛の予感に身体を硬くしていたのに、甘いキスを与えられて混乱する。

「あっ? あぁっ、あーっ。だ、だめぇ……っ」

唾液の乗った熱い舌がクリトリスを舐め回す。舌はやわらかくて熱く、舌先のツブツブまで感じてしまう。

「あっ、やっ、だめっ、……そ、そんな、ところ、……。……あぁっ」

春花は、声をあげて悶えた。敏感なところを舐め回す舌は、とろけそうなほど心地が良い。

驚いて下肢を閉じようとして、太腿でおじさまの頭部を挟んでしまい、もうしわけなさのあまり下肢を開く。まるで、もっと舐めてと催促しているみたいだ。

「ど、どうしよう、あぁ……っ」

（かわいいなぁ。この子）

はじめてでごめんなさい、と謝る彼女はけなげで、愛《いと》しさがふくらんでいく。

感じさせてやりたくて、弘樹は彼女のスリットを舐め回した。包皮に包まれていたクリトリスがつるんと剝《む》けて、大きさを増した芯の肉芽がヒクヒクと震える。

「んっ……んっ、んんんっ……」

とろとろとこぼれる蜜に、せつなく揺れる肉付きの薄い腰。

弘樹は射精寸前にまで高まっていた。

早く挿《い》れたくてたまらないが、彼女を傷つけてしまいそうで怖く、気ばかりあせってじりじりする。

勃起《ぼっき》したクリトリスを唇で捕らえてちゅうちゅうと吸うと、彼女の腰が浮きあがってきた。

「弘樹さん、は、早く……、あ、熱くて……。お願い……」

弘樹は、手の甲で口の回りを拭《ぬぐ》いながら身体を起こした。

「は、早く。おじさま……。い、入れて、……あぁ」

腰を浮かして揺らしている彼女には、未熟なエロティックさがあった。

ぱっくりと割れた大陰唇から、内側のピンクの粘膜が覗いている。耳たぶそっくりの形をしたラビアがふわっとほころび、透明な蜜をとろりとこぼした。

「うっ」

興奮がせりあがってくる。もうだめだ。もう限界だ。

ズボンに手を掛けた瞬間、暴発した。

トランクスの中で、どぶっと精液が吹き出る。

射精の瞬間は気持ちいいものだが、トランクスの内側に感じた生ぬるい液体が太腿を降りてくるのに比例して、むなしさに襲われる。

(俺は何をやってるんだ。いい歳《とし》して。高校生でもないくせに……)

青臭い匂《にお》いに恥ずかしくなった。

自分のしたことが信じられない。ひどい後悔で、考えることができない。

「おじさま……?」

呆然《ぼうぜん》としていたのは一瞬だった。春花の不思議そうな声が、弘樹を冷静にさせた。

「やっぱりやめよう」

弘樹は『包容力のあるおじさま』の表情をつくろうと、優しそうな口調で言った。

「君を傷つけたくない」

自分でもあきれるほどに、慈愛に満ちた口調だった。

四十代だからこそ、できた演技だった。

もしもこれが若いときなら、おろおろしてみっともない態度を取り、恋人に軽蔑《けいべつ》されていただろう。

「お、おじさま……っ」

春花は上半身を起こすと、弘樹にむしゃぶりついた。

「君は若い。自分を大事にしなさい」

おじさまが腰を引いたので、よけいに身体をすりつける。大人の男性の余裕と優しさを同時に感じ、恋情が急激にふくらんでいく。

（おじさまはそんなにも私のことを……）

父がいず、大人の男性と触れあった経験の少ない春花は、おじさまの包容力に感動するばかりだった。

「おじさまって、お父さんみたい」

「そうだな。君とは釣りあわない。いずれ、年相応の恋人が現れるから、処女はそれまでとっておきなさい」

「私はおじさまがいいの。おじさまが……」

春花はおじさまの胸に頬をすりつけた。

「だめだ。今日はここまでだ」

おじさまの大きな手が、春花の肩に乗り、身体を引き剝がした。

断固とした口調だった。

「一時の気の迷いで、一生後悔するようなことをしてはいけない」

「でも、私、おじさまに……私の処女を捧げたいの……」

「よく考えて、それでも、やっぱりそうしたかったら、もう一度おいで」

「もう一度？」

そんなことができるのだろうか。

二度と逢えないかもしれない人なのに。

「おじさまっ。携帯のナンバーを教えてください！」

「名刺、あげたよね？」

「名刺？」

春花はあわてて学生カバンの内ポケットを探った。

会社名に会社の住所、名前に電話番号が書いてある。

「あーっ」

ドラマで大人同士が名刺交換をするシーンを見たことが何度もあるが、名刺にこんな役割があるとは知らなかった。

「名刺って、プレゼントできる学生手帳みたいね」

弘樹が苦笑した。

子供っぽいことを言ってしまったことに気がついて、顔を赤らめる。

弘樹はワイシャツを着てネクタイをキュッと結ぶと、スーツの上着を羽織った。

自分だけが裸であることが恥ずかしくなり、あわてて制服を纏《まと》う。

もう欲望は消え去っていた。

「支払いは俺がしておくから、君は落ち着いてから出なさい。送ってあげられないから、遅くならない程度に帰るんだよ」

おじさまは、片手をあげると、あっさりした仕草で出ていった。

「お、おじさま……っ」

思わずおじさまの背中を追いかけたところ、鼻先でドアが締まった。

「は……」

思いがけないなりゆきに立ちつくし、締まったままのドアを見つめてしまう。

これは運命の出会いだ。

こんな人格者が、現実に存在するとは思わなかった。

ドアの前に、ハンカチが落ちていることに気がついた。春花はハンカチを拾いあげた。男物の大判のハンカチを顔に当てる。

——おじさまの匂いがする。

春花はハンカチに顔を埋めてうっとりしていた。

第2章　おじさま、私を抱いてください

土曜日のオフィスは閑散として、だらけた空気が流れている。

弘樹は、あくびを噛み殺しながらパソコンに向かっていた。

一日三百件メールが来るから、メール処理だけで二時間かかる。パソコンをたちあげたら、まず広告メールを削除するのが、弘樹の仕事の手順だった。

土曜出勤なのに、メール量は平日とかわらない。スパムメールを機械的に削除して、一通一通メールをチェックし、返信を書いていく。

メールを送るそばから返信が来て、あっという間に二時間ほど経過する。土曜日なのに、自分を含めて働き過ぎだ。

「おい見てみろ。女子高生がいるぞ。かわいい子だ」

「ほんとだ。カルピスのCMみたいな子だ。誰かと待ちあわせかな？」

「こんなビジネス街で待ちあわせかよ？　おい、あの子、こっちを見上げてるぞ」

若い社員たちが窓際に立ち、身を乗り出すように外を見ながら雑談している。清楚《せいそ》な女子高生という言葉につられて立ちあがり、彼らの横で窓の外を覗く。

春花がいた。

花柄のロングワンピースにカーディガン、マルシェバッグ、リボンの飾りのついた帽子という女子大生のような格好だ。

信じられないと思う一方で、うれしくてならない自分がいる。

朝日に照らされて立つ彼女は、アイドル歌手のような華やかさがあった。

彼女は手にした小さな紙片と、ビルの外壁の看板を見比べている。名刺をたよりにやってきたらしい。

春花が、弘樹を見つけ、パッと輝いた顔をした。そして弘樹に向かって手を振った。ストレートロングの黒髪が揺れ、陽光をはじいてキラキラと輝いた。

春花が声をはりあげた。

「おじさまっ。逢えてよかった。お願いがあるんです。一緒に来てくださいませんか」

「そこで待ってろ。すぐに行くから！」

上半身を乗り出し、手を振り返す。後輩たちのあいだに、関心の気配が漂った。

「奥村先輩、娘さんですか？」

「姪《めい》っ子だよ」

適当に答えながら、大急ぎでパソコンの電源を落とす。

「おじさまだってよー」

「奥村さん、帰るんですか？　来たばっかりじゃないですか？」

「ああ、月曜に残業する」

「姪御さんとデートですか」

「そうだ」

タイムカードを押してオフィスを出る。

オフィスビルの自動ドアを出ると、春花がはにかんだ笑顔で駆け寄ってきた。

「おじさま。土曜出勤がしょっちゅうだって、ほんとだったんですね」

「電話してくれたらよかったのに」

「電話したら迷惑かなと思ったんです。これって会社の電話番号ですよね」

「そうだけど。携帯は俺のだから」

「わかりました。これからは携帯に電話します」

これからなんてないと思っていた。あれはゆきずりの関係にすぎず、正気に戻った彼女は日常生活に戻り『おじさま』を忘れるだろう。そして年齢相応の恋人をみつけるだろう。そう思っていた。

なのに、春花は、恋人を見つめるようにして笑いかけてくる。

甘酸っぱいものがこみあげた。

「おじさま。これ、お返しします」

弘樹のハンカチだった。綺麗に洗われ、アイロンが掛けられている。

「あ、これ、忘れたんだ？」

「はい。私が拾いました」

「ありがとう」

二階の窓から、若い社員たちが物見高く見物している。

「行こう」

彼女の背中を軽く叩《たた》き、駅前に向かって歩き出す。プレナ幕張か、三井アウトレットパーク幕張に行って、お茶を奢《おご》ろうとしたのだが、春花が弘樹のスーツの裾をぐいっと引いた。

「うっ」

「一緒に来て欲しいんです。おじさまと一緒でないと、入れないところなんです」

幕張メッセを指差す。

「メッセに行くのか？」

「いえ、ホテルオースミに」

「えーっ⁉」

オースミはメッセのすぐ横の、このあたりで最もグレードの高いホテルだ。

「おかしな意味じゃないですよ。レストランに入りたいんです。一生懸命おしゃれしたけど、私だけじゃ入れないと思うので、ついてきて欲しいんです」

「まだ昼飯には早いと思うけど」

「早く入って待っていたいの。お願いします」

「う、わ、わかった……」

何が何だかわからないが、春花の勢いに飲まれるかたちでうなずいた。

＊

「ふふ。お母さん、幸せそう。相手の人も優しそうね。よかったわ」

弘樹の位置からだと、観葉植物の陰になって見えにくいものの、斜め向かいのテーブルについている中年女性の横顔はなんとか見えた。

春花に似た顔立ちの女性が満面の笑みで、向かいあう男性に向かって話しかけている。おっとりした雰囲気と、横顔がよく似ていた。春花があと二十五歳ほど年を重ねたら、こんなふうになるのだろう。

「おいしい……ホテルのランチなんてはじめてです。盛りつけが綺麗ですね。ファミレスと味が違うわ」

春花は上品にフォークを動かしながら、冷製トマトのスパゲッティを食べている。

ホテルオースミのレストランは、クラシック音楽が流れ、静かだが華やいだ空気に満ちている。

「やだな。お母さんも、同じのを食べてるわ。やっぱり親子ね」

「これって、覗き見じゃないのか。君のお母さん、デートなんだろ？　いいのか？」

弘樹は声を潜めて聞いた。

「よくないですね。でも、私、お母さんの恋人を見たかったの。だって、私のお父さんになるかもしれない人だから」

自殺未遂の理由がようやくわかった。

母子家庭。母が出張。帰りたくない。私はひとり。

あの日、春花の母は、この男性とデートしていたのだ。

「お父さんに似た人だといやだなと思ってたけど、お父さんに似てないし、あのおじさんならいいかな。だって、私のお父さんはひとりだけだもの」

春花はおだやかに笑っている。

「お父さんも、許してくれるわよね。だってお母さん、十年もひとりで私を育ててくれたんだから。お父さんを裏切ったわけじゃないものね」

自分に向かって言い聞かせるような口調だった。

「そうだな、その通りだ。……でも、自殺未遂はよくない」

「ふふっ。あれは違うの。気分が悪くなっただけなんです」

「貧血だったんだ？」

「はい。助けて頂いて感謝しています」

「なんか、俺って、ただのナンパ野郎だな」

「助けて頂いたっていうのは、駅のことだけじゃないんです。おじさまに、えっと、そのBをして頂けたから、お母さんへの嫌悪感がなくなったっていうか、……って汚いもんじゃない、って教えてもらえた、っていうか」

春花は、セックス、と声に出さずに言った。

弘樹は、カルボナーラスパゲッティにむせそうになった。

春花は目を伏せると、問わず語りに話しはじめた。

「私、お母さんに恋人ができて、どんどん綺麗になっていくのを見て、すごく嫌だったの。デートのあとは、お母さんの匂いが違うの。お母さん、恋人と……してるんだな、ってわかっちゃうのよ。お母さんがけがらわしく思えて……。吐きそうになるの……。お父さんを裏切っているみたいだし。……でも、お母さんに対してそんな風に思うのはよくないってわかっているのよ。お母さんの幸せを祝ってあげるべきなのよ。……でも、嫌なものは嫌なのよ」

「大変だったんだね」

春花は、両手で顔を覆うと、嗚咽《おえつ》した。

「う……」

弘樹は春花の気がすむまでじっと待った。彼女は声を潜めてしゃくりあげている。

多感な女子高生には、母にできた恋人は、複雑だったことだろう。

くすんと鼻を鳴らした春花は、ハンカチで目を拭った。

そして、きゅっと唇を噛むと、弘樹に向き直った。決然とした表情だった。

「おじさま、私を、恋人にしてください」

真剣な表情だ。

「こ、恋人？」

意外な展開に面食らう。

「はい。おじさまに恋人がいても、奥さんがいてもいいんです。私は二番目か三番目でじゅうぶんです」

　黒い大きな瞳が、じっと弘樹を見つめてくる。

　ホテルのレストランのくつろいだ空気が、甘いピンク色に変わっていく。

「そんな心配しなくていいよ。俺は結婚してないし」

「ほんとに？」

「ああ、ほんとだ」

「わっ。うれしい！　私、おじさまの恋人になれるんですね？」

「君のようなかわいい子に、はじめて逢えた」

　春花はかっと顔を赤くさせた。

「もう、もう、おじさまって、すごいこと言っちゃうんだもん。顔から火が出そう」

　両手で頬を挟み、小首を傾げて笑う。

　はにかんでいる春花はとてもかわいい。

　赤く染まった耳たぶと、黒髪がからむ白いうなじから、清楚な色気が立ち上る。

　斜め向かいのテーブルのカップルは、伝票を持って席を立ってしまったが、はじらいに目を伏せている彼女は気付いていない。

「食べないのか？」

「はい。胸がいっぱい。余らせてしまってもうしわけないけど、ごちそうさまにします」

「デザートは？　ジェラートだぜ」

「それは食べます！」

「あははっ」

合図するまでもなく、ウエイトレスが上品なものごしでアイスクリームを持ってきた。

「わぁっ、おいしそう……っ。綺麗だわ」

彩り良く盛りつけたガラスの器を前に幸せそうに笑み崩れる。

「おじさま、あの……」

「何？　これも欲しいの？」

弘樹は自分の分のジェラートを押しやった。

「じゃなくて、おじさまの部屋に行きたいの。私ね、今日は、大丈夫な日なんです!……やだっ、私、なんて恥ずかしいこと言ってるのよ……」

女子高生の積極さに目を白黒させてしまう。

だが、春花を、弘樹の部屋に招待するのはいいことかもしれない。

アパートに来れば、弘樹が独身会社員であることがひとめでわかる。妻子があることを隠して不倫する卑怯《ひきょう》な男ではないと証明できる。

「部屋、散らかっているけど、いい？」

「はいっ。ありがとうございます！」

＊

（この子、やっぱり、俺が妻子持ちだと思っていたんだな）

「おじさま、ここに住んでいるんですか？」

春花はアパートの前に立ちながら、驚きに目を丸くしている。

単身者用のアパートで、名前はコーポ富田《とみた》。やや古びているものの、単身者用アパートにしては広く、駅から近い利便性と、お金が儲《もう》かりそうな名前が気に入っている。

大家さんもすぐ近くにいて、鍵を忘れたとか、水が出ないというトラブルのときには対処してくれる。

「そうだよ。俺は独身だよ。俺には君がいちばんの存在だ」

「ほんと。うれしい。おじさま……じゃなくて、弘樹さん、ですよね」

「いいよ。おじさまでも」

恋人になりたいと言われたことで、少女の弱みにつけいる悪い大人ではないかという心の痛みは、だいぶ軽くなった。

叔父と姪、あるいは親子ほども年齢が離れているのだから、おじさまでも仕方がない。

「さ、入ろう」

鍵を開けて部屋に入る。

単身者用のアパートによくあるつくりで、玄関のドアを開けると、台所や風呂場、洗面所がある水回りが独立していて、奥が寝室だ。

大窓のカーテンごしに、明るい日差しが差しこんでいる。

「綺麗にしてるんですね」

「掃除したばっかりなんだ。……ところで、そのう、泊まれるの？」

「いえ、泊まれません。お母さん、今日は昼デートで、夕方には帰ってくる予定なんです。今頃は、ホテルオースミで恋人と……。ふふっ。でもいいの。私もお母さんと同じことをするから」

「なるほど」

「いえその、あてつけじゃないの。おじさまが好きだからするの！　これは嘘《うそ》じゃないわ。私はおじさまが大好きです」

「ありがとう。俺も好きだよ」

「うれしい。おじさま。私を抱いてください」

きっぱりした口調にたじたじとなる。

大人しそうな容姿をしているが、この子は意外と積極的で、はきはきしたタイプらしい。

「ほんとうに俺でいいのか。同い年の、優しい彼氏がいいんじゃないのか？」

「同い年の男の子は、子供っぽいっていうか、おじさまみたいに頼れる雰囲気がないんです」

「頼れる雰囲気ねぇ」

頭を掻くと、春花はさらに照れくさいことを口にした。

「ふふっ、そのう、優しいだけじゃなくて、包容力っていうのかな？　私はおじさまの、安心できるところが好きなんです」

春花の熱いまなざしが、弘樹を見つめる。

情緒的な内容をはっきりした口調で言う彼女は、行動力を感じさせた。春花のようなしっかりした女の子には、いまどきの草食男は、頼りなく映るに違いない。

「私、おじさまの気持ちよくなること、何でもします。……そうね、えっと、フェラチオとか」

「フェラチオ⁉」

清楚な美少女の口からでた卑語に、のけぞってしまう。

「あれ、違うの？　ティーンズ雑誌に載ってたの。携帯小説でも出てくるし」

「えーと、それはそのう、君には難しいと思うんだが……」

「難しくないわ」

春花は唇を尖らせた。

難しいと言ったことで、ムッとしているらしかった。

表情がクルクル変わって、見ていて飽きない。

「私、がんばります。おじさま、私に、教えてください」

春花は弘樹の足下に膝をつくと、ファスナーを引きさげた。

ひんやりした細い指が前立てに入り、男根を引き出す。

「う」

弘樹はうめいた。興奮する状況なのに、照れくささのあまり勃起するどころか萎縮《いしゅく》している。

「きゃっ」

春花は悲鳴をあげると、怖そうに下を向いてイヤイヤをした。

目尻が赤く染まり、睫がフルフル揺れている。恥ずかしくてたまらないとばかりの様子がかわいい。

　春花は上目遣いで男根を見ると、おそるおそる肉茎に指をからめた。

　ぷにぷにした指が、ペニスをそうっと握ってくる。彼女の震えがダイレクトに伝わってきて、たちまち下半身に力がみなぎっていく。

「うぅっ」

「きゃあっ、う、動いたわっ。お、大きくなっていく……っ」

　女子高生に握られて、男根はもうぱんぱんだ。

「君が、魅力的だからだよ」

　春花はふふっとはにかむように笑った。

「もう、おじさまったら……」

　仁王立ちしている弘樹の足下に、春花が座りこみ、男根をいじっている。

　やや右に曲がりながら、仰角四十五度にそそり立ったペニスをしげしげと見て、検査するようにいじりまわす。たったのそれだけの刺激なのに、おもしろいぐらいに高まっていく。

「おじさま。どうすればいいの？」

「前後にこすって」

「はいっ。おじさま」

春花は肉茎に指をからめたまま、前後にしゅっしゅっと動かしていく。

「うっ、うぅっ」

春花の手コキはつたなかったが、一生懸命さが伝わってきてドキドキする。

「もっと強くしてくれていいよ」

「え？　でも、怖いです」

春花は小首を傾げると、たっぷり数秒間考えこんだ。

「そのう、おじさま。キスしてもいいですか？」

「いいよ」

てっきり唇にキスしてくれるのだと思って同意すると、亀頭《きとう》の先端にチュッと接吻《せっぷん》された。

「うっ！　ま、まさか」

「だって私、フェラがしたいんだもの」

赤い三角の舌が出て、先端の肉の実をチロチロと舐め回す。

「んっ、んっ……」

舌は熱くて柔らかく、唾液が乗ってトロトロしていた。先端にツブツブがある舌先が、尿道口からあふれ出る先走り液をすくい取るように動く。

吐息がかかるくすぐったさも心地良い。

「うぅっ、そ、そんなにされると……」

「だって、棒のところは怖いけど、ここはピンクでかわいいから。……サインペンで目を書くと、顔ができそう。だって、この穴って、イーしてる口みたい」

春花は唇を放すと、亀頭をしげしげと見つめながら言った。

「うわぁっ。サインペンはやめてくれー」

「冗談よ。安心して」

春花はくすくすと笑った。

女子高生の無邪気な好奇心にあせってしまう。

春花は黒髪を指先で耳に掛けると、紅唇を大きく開き、亀頭をぱくんとくわえた。春花のペースに巻きこまれていく。

「うわっ、うあぁっ」

弘樹は、うなり声をあげることしかできない。

いまどきの少女らしく、耳年増で積極的。それでいて清楚でかわいい。弘樹を好いてくれる少女。

男の理想を形にしたような少女だった。

春花と出会えた僥倖《ぎょうこう》を、神に感謝したい気分だった。

「はふっ、んっ、ちゅっ……んんっ」

春花のピンクの唇に、自分の男根が消えている。扇情的な光景だ。

「くちゅっ、ちゅっ……んっ、はふっ……んんっ」

彼女は顔を赤らめて舌を使い、一生懸命にフェラチオをしてくれている。

ただ、先端をくわえてモゴモゴしているだけ。イメクラのお姉さんたちに比べるとつたなかったが、そのつたなさも女子高生らしくていい。

ペニスをくわえる幸せそうな表情も、稚拙だが熱心な舌遣いもとてもかわいい。

「んっ、はふっ、くちゅ……おじさま、好きです」

(なんか俺って、すごいかも)

どういうきっかけであれ、こんなにもかわいい女子高生が、弘樹に奉仕してくれる。大好きだと言ってくれる。夢のようだった。

身体の奥から力が湧《わ》いてくる。

弘樹は、春花の髪を撫でた。指に黒髪をからみつけて遊ぶと、さらさらの黒髪から、フローラルシャンプーの匂いが香り立った。

春花が上目遣いで弘樹を見て、目だけで笑った。

そのとき、唇の端からつつーっと涎《よだれ》がこぼれた。

春花は、ペニスをくわえたままで、口唇に溜《た》まった唾液をすすりあげようとした。

「んっ、ちゅるっ……んんんんっ」

肉茎が奥へ引っ張りこまれ、口腔が狭くなった。亀頭が上顎で圧迫される。

「うっ」

上顎のざらざらした硬さと、舌の腹の表面のぬるぬるとした柔らかさが先端を挟み、奥へ奥へと吸飲される。

「うっ、うぅっ、くーっ」

腰の奥が熱くなり、熱い液体が煮えたぎる。射精欲求が強烈にふくらんだ。

もうだめだ。もうがまんできない。このままだと春花の口唇で射精してしまう。

「うっ、うっ、……は、春花、唇、……は、放してっ」

あわてて注意を促すが、春花はペニスをくわえたままで唾液をすすりこむのをやめようとしない。精液が吸い出されそうだった。

腰にぶるっと震えが来た。男根が前後に動く。

ドブッ。

春花はいっそう唇を閉じて、ペニスを外すまいとした。

ついに射精がはじまった。

「きゃあっ」

春花がびっくりして唇を放した。

彼女の鼻先で、男根が前後に動き、白濁液を振りまく。

「うわっ、ご、ごめん……っ」

弘樹は恐縮した。

女の子の顔に、精液を掛けてしまった。申し訳なさに身体をすくませる一方で、AVさながらの顔射にどぎまぎして、射精の勢いが強くなる。

かぁーっと来るほどの興奮に、目の前が白くなった。空に向かって飛びあがるような、それでいて地面に落ちていくような、重力がおかしくなる錯覚に襲われる。

春花は目の前で行われた射精に見とれていた。

(綺麗……。なんだか、怖いみたい)

こんなにすごいとは思わなかった。

射精途中の男根は、さっきより大きく、凶暴そうに見える。

まるで鎌首をもたげた蛇のようだ。

青臭い匂いも、どろりとした感触も好ましかったが、服が汚れそうで不安だ。

春花は口を開くと、射精途中のペニスをくわえた。気管に入れてしまわないよう、舌先を上顎につけてガードする。

「うわっ、は、春花ぁっ」

射精途中の亀頭を舐めてしまったことで、おじさまをよけいに刺激してしまったらしく、ガクンガクンと腰を弾ませている。

(さきっぽが感じるって、ティーンズ雑誌に書いてあったの、ほんとだったのね)

「ちゅぷっ、ちゅっ、ぺちゃ……んっ、んんっ」

春花は射精中の先端をペロペロと舐め回した。

そのたびにおじさまの反応が激しくなるのが、ダイレクトに伝わってきておもしろい。

口の端から白濁液が落ちて顎を伝う。服が汚れることよりも、おじさまにもっと気持ちよくなって欲しかった。

「んっ、……ちゅぱっ、ちゅ」

精液は、やや青臭いものの、いやな味ではなかった。

男臭い味と匂いは、おじさまそのもののようだ。

口腔で感じる男根のたくましさも気持ちがいい。

「うっ、うぁっ……ううっ」

おじさまがうめいている。春花のつたないフェラチオで、気持ちよくなってくれている。

身体の芯がとろんと溶ける。下腹がきゅうんと疼き、愛液がつぅっと流れた。ショーツの内側が熱く濡れる。

春花は踵《かかと》を立てて、大陰唇を圧迫し、むずむずをやりすごした。

乳房の内側がうずうずして、おじさまの下肢に乳房をこすりつけながら舌をうごめかす。

おじさまは膝を動かして、おっぱいを圧迫してくれた。

胸の奥と下腹の奥、それに大陰唇の表面が熱く疼いてたまらない。

(私、どうしちゃったのかしら?)

ペニスをいじり、フェラチオをして、射精途中の亀頭を舐め回しているだけ。

ペッティングはされていない。なのに、まるで精液に酔ってしまったように発情している。

まるで麻薬のようだった。


「ふぅ」

弘樹は満足そうなため息をつき、ペニスを抜いた。

ようやく射精が終わった。

春花は手のひらで唇を覆うと、ごくんと喉を鳴らして飲み干した。

（わ、春花、飲んでしまった）

「ご、ごめん。大丈夫か？」

ウェットティッシュを渡しながらいう。

春花は顔を拭《ふ》きながら答えた。

「イヤじゃないわ。おじさまのを頂けて、すごくうれしい。……あっ、精液って、苦いしおいしくないのよ。私の味覚がおかしいわけじゃないんだから。おじさまのだからうれしかったただけなのよ」

春花は、唇を尖らせて言い募る。

「私、顔、洗って、うがいしてくるね」

「あ、洗面所、そっち」

やがて春花が戻ってきた。

はにかんで笑う。

「脱ぐね」

「そのままでいいよ」

「え？」

「そのままの君を抱きたい」

「もう……おじさまって……すごいことを言うんだから」

春花は恥じらいながらベッドに乗って、仰向けになった。彼女は膝を立て、胸を抱いて震えている。

黒髪と小花模様のワンピースがベッドに散る。自分が普段寝ているベッドに、愛らしい女子高生が寝ころんでいる様子は、どこか不思議な光景だ。

弘樹は、服を脱ぐと、彼女に覆い被さった。プロポーションは大人並みなのに、肉付きの薄さがいかにも女子高生という感じだった。

胸が弾んだ。まして、一回、失敗しているから、どきどきがよけいに募る。

キスをしようとすると、春花が顔を振った。

「だめ。私、フェラチオしたのよ。苦い味がするかも」

「うがいしたんだろ？　平気だよ」

鼻のアタマや唇、頬にキスの雨を降らせる。

春花はうっとりと目を閉じて、キスを受けている。

「君の唇はオレンジの味だ」

（すごいな。俺って、こんなことを言えてしまうのか）

まるで女慣れしたプレイボーイになったみたいだ。自分で自分にあきれてしまう。

だが、春花が相手なら、気障《きざ》な台詞が言える。

純朴な女子高生で、弘樹を愛している春花の前なら、素敵なおじさまになれる。

舌をからめるキスをしながら、乳房にタッチすると、春花がビクンッと震えた。

「んっ、んっ、はぁはぁ……っ」

ブラジャーのカップの内側で、小さな乳首が尖っているのが、服越しにわかった。

ワンピースの襟ボタンを外して左右に開き、ケミカルレースのブラジャーに包まれた形の良い乳房を露わにさせる。

春花が自分で背中に手を回し、ブラジャーのホックを外した。

浮きあがってきたカップを、胸の上に引っ張りあげる。

お椀《わん》を伏せたみたいな、真っ白な乳房が露わになった。小さな乳首が勃起していた。

ふんわりと盛りあがった白い乳房を、手のひらですくうようにして揉んでいく。指を弾き返してくるようなぷりぷりした手触りだ。

ナイロン袋にぬくぬくのゼリーを詰めて口を縛ったみたいだった。

「綺麗な胸だ」

「そうかしら。もうちょっと大きいほうがいいかなって思うの。Cだし」

「なんで？　すごく綺麗じゃないか」

「綺麗？　ほんと？　すごくうれしぃ!!」

彼女は花がほころぶように笑った。名前の通り、春の花のような女の子だ。

しっとりと汗ばんで、手のひらにくっつく乳房を、胸板に押しつけるようにして揉みしだく。

「んっ……はぁはぁ……あぁっ……んっ、あぁ、おじさまぁっ……」

若い胸乳は弾力があり、揉んだ指を弾き返してくる。

小さな乳輪の中心で、つんと勃《た》っている小さな尖りをぺろっと舐めた。

「あっ、あっ」

春花はうめいた。

おじさまの舌は熱くてぬるぬるで気持ちいい。

下腹の奥がキュウンと疼く。さっきのフェラチオで火を点《つ》けられた身体は熱くなっていて、腰がモゾモゾ揺れてしまう。

「は、はぁっ、お、おじさま……っ。は……」

早く入れてと言いかけて口をつぐむ。

(私ってば、なんてはしたないことを……)

だが、身体がおじさまの男根を求めていた。

ペッティングだけで終わりになってしまった前回の出会いからこちら、夜ごと、弘樹とのセックスを夢見て、オナニーをした。

愛液がとろりとこぼれ、膣襞の内側が、男根を求めてきゅるっとうごめく。

「私、おじさまと、ひとつになりたい……」

はしたないことを言ってしまったことに気付き、かっと顔を赤くする。

「いやだわ。私、恥ずかしい」

「うれしいよ。入れてあげる」

「はい。おじさまのが欲しいです」

「はっきりしてるんだな」

「はい。しのぶちゃんにもよく言われます。私はきっぱりしているから、思い詰めると暴走するタイプだって」

「しのぶちゃん？」

「友達なんです。富田しのぶって名前なの。私と正反対なタイプだけど、気があうの。ボーイッシュで、かっこいい女の子なんですよ。下級生の女子の憧《あこが》れのお姉様で、少林寺拳法の黒帯なの」

弘樹は、何を考えているのか、春花の乳房に手を当てたままでぼうっとしている。

「おじさま？」

「ああ、ごめん」

「もう、ひどいわっ。焦《じ》らさないでください」

唇を尖らせて軽く怨《えん》ずる。

「すぐに入れてあげるよ。ショーツ、取っていいか」

「はい」

ショーツがめくり下ろされていく。奥底がベットリ濡れていて恥ずかしい。チーズムースの匂いがぷんと香り立った。春花は恥じらいに太腿をすりあわせた。

（痛いのかなぁ。きっと痛いんだろうなぁ……）

春花は覚悟して目を閉じた。

乳房も秘部も丸出しで、ワンピースの袖《そで》を通しているだけ。恥ずかしい格好だ。おじさまは好きだし、いろいろされたいと思うのに、苦痛の予感で身体が縮む。

春花は、身体を硬くした。

弘樹は、勃起している肉茎を自分でこすって状態を整えた。

(大丈夫か。暴発しないか？)

前回は、いざ挿入という段階になって、挿入するより先にズボンの中で射精してしまった。あまりの情けなさに泣きそうになったほどだ。

だが、フェラチオで一度抜いているから、大丈夫なはずだ。

春花が男根を見て、怖そうに目を逸らす。睫がふるふる揺れて、雛人形のような顔に影を落とす。彼女は小刻みに震えていた。怯えた様子にゾクっとくる。

「その、……い、入れる、よ……」

「は、はいっ。お願いしますっ！」

春花の下肢を膝で割り、腰を進めた。

自分で肉茎を持ち、亀頭をスリットに押し当てる。まるで弘樹の男根を歓迎するかのように、蜜液がじわっとあふれる。

弘樹は、肉のへこみに向けて、ぐいっと腰を進めた。

「きゃっ」

亀頭が狭い膣口にめりこんだ。

「う……」

(きつい、ってか、硬い……)

狭いとかきついとかいうより、青く未熟な硬い肉という雰囲気だった。先端の肉の実が熱い媚肉《びにく》にめりこんだものの、亀頭のくびれを輪ゴムのような硬い肉の輪が取り巻いて、押しても引いても動かない。

「い、痛いっ……くっ」

春花のあまりにも痛そうな様子に心が痛んだが、じわじわやっていても、苦痛を長引かせるだけだと考えて、前後に揺するようにしながら突きこむ。

ぷち、と何かが弾ける感じがして、締めつけがふっとゆるんだ。

「きゃあっ」

亀頭がにゅるにゅるっと奥へ入り、子宮口を押しあげて挿入が止まった。ブツブツが生えた肉の襞が、男根を包みこんでくる。

「は、入った……」

今、この瞬間、春花は女になったのだ。

身体の奥から甘い歓喜がじわっと染み出してくる。

「大丈夫？　痛くない？」

「さっきは、すごく、……でも、今は、平気、です」

春花は、お臍の内側まで入ってきた男根に驚いていた。こんなにも深く入るとは思わなかった。

苦痛は破瓜《はか》の瞬間が最高で、今はそれほど感じない。だが、身体の内側をいっぱいにされて、何かがあふれ出してしまいそうだ。

「ほんとうに？」

「はい。えっと、そのう、痺れてるっていうか、感覚が、なくて……」

おじさまが、痛そうに顔をしかめた。

春花の苦痛を、自分のことのように受け止めてくれる大人の男性がいる。甘い恋情がふくらんでいく。

「動いていいか？」

なんのことかわからずうなずくと、身体を埋めているペニスがゆっくりと後退した。

(よかった。やっと終わったんだわ)

ほっとして身体の力を抜くと、抜け出るかと思った男根が再び奥へと入り、膣奥を押しあげた。

「くぅっ！」

春花は全身をぶるぶると震わせた。

亀頭のエラが、開かれたばかりの隘路《あいろ》を前後する。

「あぁっ、はぁっ……んっ、んっ、んんんっ」

破瓜の傷口がこすられて痛い。

（ウソよ。こんなの、違うわ）

初体験というものは、処女膜が破けたら、それで終わりではないのか。

セックスのとき、男性は蟬《せみ》のようにじっとしているものと思っていたから、身体の中をかき混ぜられ、膣奥を突きまくるペニスの動きに混乱する。

「い……」

痛い、と言いかけて、言葉を呑《の》みこんだ。おじさまは、痛いというと、心配する。

（お願い、早く終わって……）

春花は、右手でおじさまの腕をつかみ、苦痛に耐えた。

「痛い、よな、ごめんっ」

弘樹は上半身を起こし、結合部を見ながら律動した。

ぱっくりと割れた秘唇の中央に、自らの男根が埋まり、抜き差しするたびに鮮血が肉茎を飾る。

「い、いいのっ、痛くない、から……。くっ……あっ、ぁっ」

けなげに耐えている春花がかわいい。

よほど痛いのか、春花は右手を乳房から外し、弘樹の腕をつかんでいる。

ピンク色の乳輪の先端で、小さな乳首が尖っている。

春花の膣襞は、狭くてきつく、生硬さを感じさせた。こんなにも濡れているのに、フーゾクの泡姫とは違い、包みこまれる柔らかさは感じない。

膣の中央あたりに、狭い部分があり、そこにイクラの粒のようなツブツブが集中している。

破瓜のあとの処女膜の残骸と、真ん中のぷちぷちが、肉茎に引っかかっていい具合だ。

突きあげるたびに、目の前でゆさりと揺れる汗まみれの胸乳も、唇をわななかせる春花の表情もたまらない。

「うっ、うっ」

射精欲求が急速にふくらんできた。

早く終わらせようと思う一方で、もっとゆっくり味わいたいと思ってしまう。

動きがだんだん早くなる。

「あっ、ああっ、おじさまっ！」

弘樹の様子が変わったことに気がついたのだろう。春花が高い声をあげ、弘樹の背中に腕を回した。

「大丈夫だよ。外で、出すからっ」

ほんとうは、この温かい膣の奥に精を放ちたかったが、おじさまと呼ばれて自重する。

春花はこくりとうなずいたが、何を言っているのかわからないという表情だ。

弘樹は汗でぬめる手をシーツにすりつけてから、彼女の腰を持ち直した。

そして、勢いをつけて律動する。

中央の狭い部分を通り過ぎ、膣奥を亀頭で叩くときのねちっとした感触、ツブツブが肉茎をこする心地良さ、それに、抜き差しにあわせて未熟な膣襞がきゅうきゅうと締まる感触がたまらない。

「あっ、うぅっ、……な、何か……変な、感じっ」

春花は腰をひねった。

亀頭が子宮口を押すたびに、まったくはじめての戦慄《せんりつ》に襲われる。

「気持ちいいの？」

「わ、わからないっ」

はじめての体験は強烈すぎて、気持ちいいのかどうかさえもわからない。

「痛くない？」

「はい、痛くないです。っていうか、な、なんだか……あれ、なんだろ？　これ？　あっ、ああああぁっ！」

春花はおじさまにしがみつきながら、ぶるぶるっと震えていた。

「な、何これ？　何これ⁉」

亀頭が子宮口を叩いた瞬間、ズウンと重い戦慄が身体に走り、脳天から突き抜けていった。

まったくはじめての体験だった。

ペニスが引かれるときはそうでもないのだが、亀頭が奥へと侵入し、子宮を押しあげたとき、強烈な戦慄に襲われる。

太くて重い刺激が身体の中心を走り抜け、脳髄を揺さぶる。しかも、下腹の奥がきゅんきゅん疼いてたまらない。

「お、おじさまっ、おじさまっ。あっ、あぁーっ」

「気持ち、よさそう、だね？」

おじさまは腰を動かしながら聞いた。

その通りだ。まったくはじめての感覚なのでわからなかったが、この感触は心地が良い。

春花を奥からゆさぶってくる。

ペッティングの気持ちよさとは、まったく別種の快感だ。

「はい、気持ち、いいです……あっあっ、おじさまぁーっ」

春花はブルブルと震えた。

身体が熱い。熱くて熱くてたまらない。

「どうして？　はじめてなのに？　はじめてなのに!?」

亀頭が子宮口を押すたびに、脳裏で金色の火花が散る。

子宮頚管《けいかん》粘液がどぷっとあふれ、下腹の奥がきゅんきゅん甘く疼く。

「奥が、いいの？」

弘樹は、深くペニスを収めたままで、膣奥を抉《えぐ》るようにして聞いた。子宮口の反応が激しいことに気がついたからだ。

「はいっ、……奥が、奥が、いいのぉっ」

「そっか。君は子宮が感じるんだ」

春花はかぁっと顔を赤くさせた。

子宮なんて考えたこともなかった、とばかりの表情だ。

「そんな、そんなこと……きゃあぁあっ」

女子高生の細い身体が、ぶるっ、ぶるっと震えている。

弘樹は、陶酔に混乱する春花の顔を見つめながら、腰を進めていった。

みっしりとあわさった膣襞を掻き分けながら、ゆっくり腰を動かすと、春花の表情がとろんとしたものに変わっていく。

真ん中のツブツブが集中した狭いところを通り過ぎ、小さなラグビーボールが植わっているみたいな子宮口を先端で突きあげる。膣襞がきゅるりと締まり、女子高生の細い身体がビクンッと震えた。

「あっ、あぁあーっ」

気持ちよさそうな声だ。

「イキそうなんだ？」

「イキそう？　わ、わかんない。なんか、奥がきゅうんって来るっていうか」

はじめての快感にとまどっているらしい。

弘樹は、彼女の肩を押さえながら、ゆっくりと腰を動かした。

痛がるのではないかと不安だったが、彼女の顔がセクシーにとろけて腰がくねり、弘樹のペニスを追いかけてくる。

「あっ、あっ、あぁーっ」

押しこむときの硬さと、腰を引くときのつぶつぶの膣襞がからみついてくる感じがたまらない。

春花の膣はきつくて狭く、ふっくらと包みこまれるやわらかさはないが、ペニスを動かすたびにあふれる愛液が、動きをなめらかにしてくる。もう破瓜の苦痛はないらしい。

突きあげるたびにお椀型の乳房がぷるるんと揺れる。

何度目かの律動で、膣奥を押したとき、彼女の様子がいきなり変わった。

「はっ、はぁっ、おじさまっ、おじさまぁっ」

子宮頸管粘液がドブリと出て、上半身がぴちぴちと跳ねた。膣襞がキュッと男根をくいしめる。

「うっ、うぅっ」

弘樹は、うなり声をあげながら腰を使った。

春花をもっと感じさせてあげられるよう、子宮を押しあげるようにして、深いところを意識的に押す。

春花はあえいだ。

「あっ、はっ、お、おじさまっ、……だめっ、奥、だめぇえっ……」

弘樹の亀頭が、子宮口をノックするたびに、子宮頚管粘液がどろっとあふれ、身体の芯に戦慄が走る。

押しあげられる勢いで乳房がぷるんぷるんと前後に揺れる。

春花は、顔をくなくな左右に振って悶えていた。

「いやぁっ、ぴかって光るぅっ……う、あぁっ」

春花はもう、絶頂間近だった。

子宮を激しく突かれるたびに、脳裏でちかっと火花が散る。

脳髄がゆさぶられることによって起こるまぼろしだ。

「いやっ、いやぁあっ。飛んじゃいそうよぉっ」

春花は甘い悲鳴をあげて悶えた。

おじさまがあまりに激しく突きあげてくるものだから、身体ごと脳味噌《のうみそ》がシェイクされて、金と銀のきらめきが弾け飛ぶ。

まるで疾走するジェットコースターに乗せられている気分だった。

このままどこか知らないところに、強制的に飛ばされてしまいそうだ。自分の身体に何が起こっているのだろう。

「あああぁあっ、飛びそうよぉ!!　やだぁっ。怖い！」

た。

「……やめる？」

おじさまが動きを止めた。おじさまの顎から汗の滴がしたたり落ち、春花の鼻先ではじけた。

「やめないで」

春花はねだった。

「私を、おじさまの、ものにしてっ！」

おじさまはまようそぶりを見せたものの、再び腰を動かしはじめた。

たくましい男根が、膣の中を前後する。子宮口を押されるときはビインと身体の芯に戦慄が走り、子宮がきゅんきゅん疼いてもういやだと思うのに、引かれるときはたよりなくなってしまって腰がくねる。

「あっ、あぁっ、おじさまっ、おじさまぁっ」

「うっ、く」

春花の嬌声《きょうせい》におじさまのうなり声が重なる。いったん中断したせいか、さっきよりも勢いがはげしい。

再び、あの子宮がきゅんと疼く感触と、空に飛ばされる感じ、目の裏のチカチカがはじまった。圧倒的なほどの快感の渦に巻きこまれ、身体ががくんがくんと震え出す。子宮のキュンキュンも苦しいほどになってきた。


(すごいな。俺)

無垢《むく》な女子高生に、快感を教えこんでいる。四十代の、冴えない会社員の自分が。

射精欲求が急速に高まった。

抜かなくてはと思い、大丈夫な日だという春花の言葉を思い出す。

(中だししてもいいんだ)

アイドル並みの美少女を自分の色に染めていく。

その興奮に、腰を動かすスピードがどんどん早くなっていく。

「あぁあーっ。いやぁっ。何これっ、何これぇっ!?　やだぁあっ」

膣襞がきゅるるとよじれるように締まり、春花がガクンガクンと震えだした。

「イキそう、なんだ?」

「え?　どこに行くの?」

真顔で聞かれ、笑ってしまう。

(かわいいなぁ。この子)

彼女の性知識は偏っている。

耳年増な女子高生らしくてかわいらしい。

「あはは」

「もう、おじさまったら、何で笑うの？」

弘樹は、汗でぬめった手をシーツにすりつけてから、彼女の腰を持ち直した。

そして、いよいよ本格的に腰を動かす。

「うーっ」

ひときわ大きく膣奥を突きあげたとき、春花の身体がガクンガクンと痙攣《けいれん》をはじめた。

寄せた眉根をせつなくあげた陶酔の表情がセクシーだ。

膣襞がきゅるきゅるとよじれる。

真ん中の狭いところが激しく締まり、男根から精液を吸い出そうとしている。

射精欲求がふくらんでいく。

「ううぅっ」

弘樹は、興奮のままに大きく腰を引き、子宮口を押しあげる勢いで亀頭を挿入した。

ドブッと精液が吹き出る。

「出すよ！」

「熱いっ、おじさまぁっ」

ぱん、と何かが割れる音がして、視界が銀色に染まった。

男根は、子宮口を押しあげたまま止まり、どぶっと熱い精液を吐きだしている。

熱い精液が、子宮内壁に染みた瞬間、子宮の甘痛い疼きが、信じられないぐらいの快感へと変化した。

貧血を起こしたときそっくりだが、それよりずっと気持ちのいい戦慄が春花を襲う。ビクンビクンと震えるたびに、身体が溶けて甘い液体に変わってしまいそうだ。

「イッちゃうっ！」

(ああ、そうなんだわ。これがイクってことなんだわ)

ふぅっと意識が薄れていく。

春花は理性を手放した。

「うっ、うぅっ」

弘樹は、精液を吸い出そうとするかのような、膣襞のうごめきにうめき声をあげた。

春花は目を閉じてぐったりしているのに、膣襞はきゅるきゅると締まり、肉茎をこすり立ててくる。

さながら陰嚢《いんのう》でつくられている精液を最後の一滴までも吸い出そうとでもいうような、そんな熱心なうごめきだ。

「う、く、……春花」

どうも春花は失神している様子で、弘樹の呼びかけに反応しない。

自分でもびっくりするほど長く続いた射精がようやく終わった。

「ふぅ」

弘樹は、ゆっくりと男根を引いた。ツブツブした膣襞が、抜かないでとばかりにからみついてくる。抜くと、子宮から逆流した精液がドロッとこぼれた。

「春花」

意識を失っているらしい春花の頬をそっと叩くと、彼女がふっと目を開いた。

「え？」

きょとんとした表情が愛らしい。

何が起こっているのかわからないのか、上半身を起こして呆然としている。

「大丈夫か？　いきなりガクンってなったから、心配していたんだ」

「私、イッちゃったのね？」

「ああ」

「イクってこういうことだったんだわ。痛いばかりじゃなかったのね。わぁあっ。気持ちよかったよぉっ」

弘樹は、春花の無邪気な喜びように、こみあがってくる笑いを嚙み殺した。笑わないでよ、と唇を尖らすことが目に見えていたからだ。

そのとき春花は、ようやく自分の格好に気付いたらしい。

「きゃあっ！　わ、私、な、なんて格好……っ。恥ずかしいっ」

春花は上半身を起こし、ワンピースの裾を引っ張って股間を隠すと、両手で胸を隠してイヤイヤをした。セックスの最中は大胆になるくせに、正気に戻るとはじらうところは、いかにも春花らしかった。

「おじさま、席を外してくださる？　身だしなみを整えるから」

「わかった」

弘樹はさっぱりした気分で外に出た。

＊

弘樹は、春花の身繕いが整うのを、アパートの前で待っていた。

外を見るともなしに眺めていると、大家さんの屋敷から、ホットパンツの女の子が出てきた。

弘樹はあわてて木の陰に隠れた。

（内田有紀だ）

春花とはじめて出逢ったとき、駅で一緒にいた女子高生。ボーイッシュ系のアイドルに似た女の子。春花の友達のしのぶちゃんだ。

彼女は、携帯を開き、耳に当てた。

（大家さんの娘だったのか。どうりで見覚えがあったわけだよ）

そういえば、春花はアパートを見て驚いていたが、単身者用のアパートだから驚いていたのではなく、友達の家が大家をしているアパートだったことに驚愕《きょうがく》していたのかもしれない。

春花の友達が弘樹のアパートの大家の娘なんて、いったいどういう偶然だろう。

いや、偶然ではない。内田有紀は、海浜幕張駅で降りた。駅の近くだとしても不思議はない。

（遅いな。春花、まだかな？）

玄関ドアをあけて三和土《たたき》に立ち、そっと部屋の中を覗く。

「うん。またね。しのぶちゃん」

春花が携帯に向かって話しかけていた。

弘樹を見て目で笑いかけながら、携帯を閉じる。

「おじさま。私の携帯、赤外線通信ができるの。電話番号送ってもいいですか？」

「ああ」

携帯電話を取りだして電話番号を受け取る。

「空メール送っておくよ」

「はい。受け取りました。電話しますね」

「うん。楽しみにしてる」

「私、帰ります」

「駅まで送ろうか。自転車だけど」

「ふふっ。大丈夫ですよ。昼間だし、明るいから、ひとりで帰れます」

「そうか。じゃあ、またな」

「はい。おじさまの携帯に電話します」

二人して外に出ると、内田有紀が閉じた携帯電話を片手に、考えこんでいるところだった。

「あっ」

友達を見つけて、弘樹の陰に隠れようとした春花と、気配を感じたのかこちらを向いたしのぶの目があった。

春花は眉根を寄せ困惑の表情を浮かべたが、一瞬で表情を繕うと、笑みを浮かべた。

「しのぶちゃーんっ」

手を振りながら、友人に向かって駆け寄っていく。

「春花、何で？　どうして？」

「親戚《しんせき》のおじさんなの」

春花は明るい口調で叫ぶ。

しれっとウソをつく様子は、春花が見た目通りの大人しい女子高生ではないことを示している。

「えー。さっきの電話、そんなこと言ってなかったじゃない⁉」

春花はしのぶの手を取って笑いかけた。

「うん。私も知らなかったの。偶然だよね。びっくりしちゃった」

しのぶは不審そうに眉根を寄せた。

弘樹と春花を見比べている。

「おじさま。ありがとうございました。それでは失礼します」

春花は、弘樹に向かってふかぶかとおじぎをすると、あっさりと背中を向けて歩き去っていった。

（この子、度胸あるな）

しのぶは変質者を眺める視線で弘樹を睨《にら》んでいたが、踵《きびす》を返すと、ムスっとした表情で勝手口のドアを開いて家に戻った。

弘樹も自分のアパートに戻った。

この五分ほどの出会いが、とんでもない事態の幕開けになるなんて、弘樹には想像もできなかった。

第3章　あの子と同じようにして!!

玄関の鍵を開けようとしたら、逆に鍵がかかってしまった。

(あれ?)

弘樹は、首をひねりながら鍵を開けた。

(俺、ちゃんと戸締まりをしたよな?　まさか、泥棒?)

買い物のついでにゲームセンターで時間をつぶし、戻ってきたところだ。まだ陽は高く、うららかな秋の日差しが降り注いでいる。

日曜の昼間、単身者用の古いアパートに泥棒が入るだろうか。泥棒というものは、金のありそうなところを狙うのではないか。だが、人の気配がする。

弘樹は、食材がいっぱいに入ったスーパーの袋を、玄関の横に置き、ゲームセンターの袋だけ小脇に抱える。

弘樹は警戒しながらドアを開け、そうっと身体を滑りこませた。

三和土に、見慣れないスニーカーが揃《そろ》えてあった。星の模様がついた水色のスニーカーだ。サイズの小ささといい、女物だと一目見てわかる。

人の気配と、何かを探しているような音がした。

扉の向こう、六畳の寝室で、誰かが部屋を掃除してくれている。

(なんだ。春花だ)

緊張がほどけた。

やっぱり鍵を掛けるのを忘れていたらしい。

弘樹は、ゲームセンターの袋から、クレーンゲームの景品を取りだした。たまたま取った景品が、マシンガンの玩具なんて、なんという偶然だろう。

弘樹は、マシンガンを構えた。

そして、わざと音を立ててドアを開いた。

「手をあげろ」

茶目っ気にすぎなかった。春花を驚かせるつもりだった。ほんとうに他意はなかったのである。

「きゃあっ━」

弘樹の机の横で、ホットパンツの少女が立ちあがり、身体をひねってこちらを見ている。

ショートヘアーが乱れ、少年のような顔立ちを飾る。

机の引き出しが引っ張り出され、手紙やダイレクトメールが散乱していた。

内田有紀だ。

富田しのぶ。春花の友達で、コーポ富田の大家の娘。

大家は合い鍵を持っている。鍵を開けて部屋に入ったのだろう。

彼女は身体を翻すと、弘樹の反対側へと走り、外へと通じる大窓に手を掛けた。

鍵を開けようとしてもたもたしている。

「開かない、ど、どうしてっ？」

「大家さんのくせに、鍵の開け方知らないのかよ。この手のサッシ窓って、真ん中のつまみを回すと、ロックがかかるんだ」

弘樹は、鍵に手を掛けている彼女の手を押さえた。

「いや、触らないでっ。不審者っ！」

暴れる彼女ともみあいになった。

「どっちが不審者だよっ⁉」

「春花にエッチなことしたでしょっ。春花は私と同い年よっ。十六歳なのよっ。変態じゃないのっ⁉　警察に言ってやるっ‼　証拠があれば、警察だって聞いてくれるはずなのよっ」

家捜しは、証拠をみつけるためらしい。体温があがり、頭に血が上った。そんなことをされたら弘樹の社会的地位が崩壊するばかりか、嫁入り前の春花にキズがつく。会社を首になるかもしれない心配よりも、春花に変な噂《うわさ》がたつ恐怖に動揺する。

「やめろ。そんなこと」

「触らないでよっ。けがらわしいっ!!　私、少林寺拳法初段なのよっ。あんたみたいな変態、やっつけてやるんだからっ！　この変態オヤジ」

考えるより先に手が動いた。

彼女を力ずくでうつ伏せにさせると、膝小僧で背中を押さえつけた。

そして、しのぶの手首を背中に回して×の字に重ね、ネクタイで手首を縛る。

(俺は何をやっているんだ？　縛ってどうするつもりだ？)

冷静な自分が警笛を鳴らしているが、手は止まらない。

「きゃあっ」

悲鳴をあげる内田有紀の口を手のひらでふさぎ、ズボンのポケットからハンカチを取りだして、猿ぐつわを掛けていく。

「うーっ、ううう－っ」

内田有紀は、信じられないという表情を浮かべた。

風采のあがらない変態オヤジと侮っていたらしい。

必死になれば男のほうが力が強い。

だが、武道を修め、女の子たちの人気を集めるりりしい少女には、弘樹に縛られてしまうなんて考えもしなかったのだろう。

自らの力への過信が、男の部屋へ不法侵入し、家捜しするという過激な行動につながったのだろうか。

それにしても、なんでそこまでするのだろう。

彼女の上半身を起こしてやる。

しのぶは泣きそうに顔を歪めながら、手首の拘束をほどこうとして、しゃにむに手を動かしている。

カットソーを押しあげる胸もとがゆさゆさ揺れた。

スレンダーな見かけにかかわらず、胸はふんわりと形よく盛りあがっている。横座りになっている太腿の、ホットパンツの裾から、白いショーツが覗いていた。

彼女のほっそりした首筋を、汗の滴が伝っていくのが見て取れた。

（まずい。興奮してきた）

狭いアパートに二人きり。縛られた少女は汗にまみれ、どうにでもしてください、とばかりに顔を背けている。

(この子は、なんでこんな危険なこと、やったんだろうな)

はっと気付いた。

「もしかして、君、春花が好きなのか？」

内田有紀はかっと顔を赤くすると、唇を噛んで悔しそうに下を向いた。さっきまで腕をほどこうとしてもがいていたのに、今は身体を小さくして震えている。言い当てられた驚きに動揺している。そんなふうに見えた。

「春花に言ってやろうかなー。親友のしのぶちゃんが春花を好きだってー。警察に訴えるための証拠探しに、俺のアパートを家捜ししたって」

「うぅーっ」

「春花に知られるの、嫌なんだろ？」

しのぶは悔しそうに眉根を寄せながらうなずいた。

「なぁ、なんで春花と俺が恋人同士だって、気がついたんだ？」

「なんとなくよ」

「女のカンってやつか」

初体験の前とあとでは、やっぱり何か変わるのだろう。同性にしかわからない何かで、しのぶは友人の変化を感じ取ったらしかった。

女の子は複雑だ。

母が恋人とセックスしているからとショックを受け、駅で貧血を起こしてしまうほど思い悩んでいたくせに、行きずりの男とセックスしたことで嫌悪感が解消される。

大好きな友達が、変態オヤジとセックスしていることに我慢できず、不法侵入して証拠物件を探す。それでいて、友達に好きだと知られるのは耐えきれない。

「警察に訴えたら、俺ばかりではなく、春花だって困るんだぞ。中年オヤジと不純異性交遊してる女の子だって噂になるぞ。気がつかなかったのか？」

しのぶは、ビクッと背筋を震わせた。

目を見開くと、フルフルと首を振る。気の毒なほどにおろおろしている。あげくに、しくしくと泣き出した。

大好きな春花が、中年オヤジとつきあっていると気付いて頭に血が上り、そこまで考えが至らなかったらしい。

後ろ手に縛られ、猿ぐつわをされ、泣きじゃくる彼女には、妙なエロティックさがあった。

弘樹のことが大嫌いな、少林寺拳法初段の少女。嗜虐《しぎゃく》心が刺激される。いじめて泣かせてやりたくなる。

(俺、Sっけ、なかったはずなのにな)

おかしな性癖に目覚めてしまいそうだ。

弘樹は彼女の猿ぐつわを外した。

「えっ？　えええ？」

「警察に言わないでくれ。春花を守るためだ。それだけ約束してくれたら、帰っていい」

「ほ、ほんとに？」

「ああ。縛ってごめんな。動揺しちまって」

「さっきのマシンガン、何なの？」

「ゲームセンターの、クレーンゲームの景品」

「おもちゃなの？　ああ、もう、悔しいなぁっ。びっくりしなかったら、あんたなんかに、縛られなかったのに！」

「悪かった。春花が部屋の掃除をしてくれてるのかなって思ったんだ」

「春花は、よく、部屋に来るの？」

「まだ一回だけだよ」

「そ、そう……」

「……うーん、ほどけないなぁ。ハサミで切らないと無理かなぁ」

ネクタイで縛ったのは失敗だった。しのぶが暴れたせいで、結び目がきつくなってしまってほどけない。このネクタイはもうだめだ。

「春花と、こんな風にしてセックスしたの？」

「まさか。普通にしてるよ」

彼女は何を考えているのか、黙りこんでしまった。

ハサミを持ってこようとして腰をあげたときのことだった。

「私にも」

「え？」

「私にも、春花と同じことをして！」

必死な口調で訴えられて、とまどってしまう。

「ごめん。意味わかんねぇ。どういう意味だ？」

「セックスしてって言っているのよっ」

「う……」

「私、春花と同じになりたいっ!!」

弘樹とセックスすれば、友達と同じになれる。

大好きな女の子と同じ体験をすることで、彼女との共通項を作りたい。

男の弘樹には、わかるようでわからない感情だ。

「そんなに春花が好きか？」

「そうよ。悪かったわね」

ぷいとそむけた横顔は、全盛期の内田有紀そっくりでドキドキする。

後ろ手に縛られた身体を横座りにさせて、上半身をひねっているので、ホットパンツから出た太腿の白さや、腰からウエスト、さらに上半身へと続く曲線がなまめかしい。

下半身に血が集まる。この黒帯少女を、思いのままに扱いたい。弘樹の中で眠っていたSっけが目覚めていた。

「縛ったままでいいなら、セックスしてやってもいい」

(俺は何を言っているんだ？　相手は、俺を嫌いな女の子だぞ)

セックスは、口止めになる。

しのぶは、弘樹との関係を隠すだろう。そう、春花にも。それが少女たちの友情というものだ。

「な、なんで？　私が黒帯だから？」

「そうだ」

「変態……っ!!」

「やっぱ、帰ってもらったほうがいいみたいだな」

「わかった。いいわ。しなさいよっ」

しのぶはいやそうに吐き捨てた。

彼女の脇の下に手を入れ、立ちあがらせて、ベッドの上に乗るように促す。ベッドがギシッと音を立てた。

しのぶは不安そうに眉根を寄せながらうつぶせになった。

背中で結ばれた手首が痛々しく、何をしてもいい女の子に見えた。

「フェラチオ、してくれ」

「なっ⁉」

「春花はしてくれた」

「わかったわ。するわ」

弘樹は服を脱ぐと、ベッドの枕元にあぐら座りをして、半勃起状態の男根を自分の手で上向けにさせた。

後ろ手縛りのしのぶの上半身を移動させ、強引に弘樹の股間に顔を近づけさせる。

「うーっ、い、いやぁっ」

「舐めろ」

「噛んでやる……っ」

「噛みたければ噛めばいい」

この子は噛まない。

春花が弘樹を好きだから。

春花が弘樹と関係しているから。

春花のために、この子は噛まない。

しのぶは悔しそうにうなり声をあげていたが、やがて熱くぬめった舌の感触が亀頭を掃いた。観念したらしい。

ボーイッシュ少女のフェラチオは、いやそうな舌遣いであるにもかかわらず、うっとりするほど気持ちがいい。

ペニスがたちまち勃起する。

「うーっ」

「い、嫌……こんなの、嫌……っ」

「嫌なら帰ってくれ」

「したの？　春花は。こんな、気持ちの悪いものを、ほんとうに舐めたの？」

「ああ。愛しそうにフェラチオして、精液を飲んでくれた」

しのぶははぁはぁと息を荒らげていたが、ごくっと喉を鳴らすと、亀頭をペロペロと舐めまわした。

「ひっ、えぐっ……うぇえっ」

嫌がって泣きじゃくりながらフェラチオを続けるボーイッシュ少女。女の子の人気を集めるりりしいお姉様。嗜虐心が刺激され、ペニスに力がみなぎる。自分が悪い男になった気分だった。

「もっとしっかり舐めるんだ。春花のほうが上手だったぞ」

しのぶは、舌をベロベロと動かした。嫌で嫌でたまらないとばかりの舐め方なのに、先端の剝けたところを熱い舌が這《は》いまわる感触は心地良い。

「い、いやぁっ、……うぅ、……」

しのぶの舌先にはツブツブがあり、尿道口にそのツブツブが入りこみ、掃きだすように動く。

ぺちゃぺちゃと音が鳴り、ベッドがギシッときしむ。

「うぅ……っ。いや、き、汚い……っ。あんたって最低よねっ、……気持ち悪い……っ」

憎まれ口を叩きながら動かしているにもかかわらず、妙に男のツボを刺激してくる。

「うっ、で、出そうだ」

腰が弾み、男根がビクンと震えた。

腰の奥が熱くなり、ドブッと精液が吹き出る。思っていたよりもずっと早い。

かぁっと来る射精の快感に身を委ねる。

「きゃーっ」

しのぶの頭があがったが、弘樹は手のひらで彼女の後頭部を押さえつけた。拳法少女は、せめてとばかりに横を向いた。

精液が頬にかかる感触が耐えきれないのだろう。しくしくと泣きじゃくる。

ボーイッシュ少女の泣き声は耳に心地良く、自分が立派な存在になった気分だ。

（なんか俺って悪いやつ？）

女の子に悪いことをする楽しさは、まじめな会社員である弘樹に、目がくらむほどの快感をもたらした。

射精の瞬間は気持ちいいものだが、胸の奥にわき起こる万能感が、快感を倍加する。

春花と違って、申し訳なさは感じない。それどころか、もっとこの子をいじめてやりたいと思ってしまう。

あとで後悔することになってもかまわない。

射精がおさまってから、彼女の顔を外し、そっと立ちあがる。

「ひどい……」

しのぶは、くぐもった声で恨み言を言った。シーツに顔を埋めたままで、前後左右に動かしている。シーツに顔をこすりつけ、精液を拭き取っているらしかった。

「なにがひどいんだ？　君の望んだことだろう？」

そして弘樹は、しのぶの腰を両手で引っ張りあげて、顔と肩と両膝で身体を支えた変則的な四つん這いにさせた。

ホットパンツに包まれた、肉付きの薄いお尻の山がこちらを向く。

「な、何を、するつもり？」

声が震えている。

「セックスしてやるんだよ」

「いやっ、いやよぉっ」

「仰向けですると、手首が背中で押さえられて痛いと思うんだが」

しのぶは暴れた。自由の利かない身体を精一杯に動かして、腰を振って逃れようとしている。

弘樹は彼女のウエストに手を伸ばし、ホットパンツの前ボタンを外し、ファスナーをさげた。

　そして、お尻からショーツごと、するんと下ろす。

「きゃあっ」

「なんだ。濡れてるじゃないか」

　大陰唇がぷっくりして、幼い感じの秘部だった。なのに、ぴったり閉じたスリットは充血し、うす白い愛液でベットリと濡れている。

　クリトリスもフードを押しあげて震えている。ヘアは春花に比べると薄いようだ。

　この姿勢だとお尻の穴まではっきり見える。セピア色のアヌスは、シワヒダを集めてすぼまっている。

「君のマ×コはいやらしい形をしている。しかも春花よりもヘアが濃いな。モジャモジャの剛毛だ」

　ヘアが薄くてかわいい秘部なのだが、秘唇に生えている飾り毛を指でツンツン引っ張りながら、言葉でいじめる。

　膣口に指を入れると、熱い襞がちゅるるっと吸いついてきた。ドーナツ状の処女膜がきゅうと締まった。

　春花は真ん中が狭くなっていたが、しのぶは逆で、入口と奥が狭いトックリ形だ。

「い、いやっ、言わないでっ。ひどいっ!!」

しのぶは、身体をすくませた。

自分の秘部を批評されるなんて、恥ずかしくてたまらない。なのに、身体の奥がかぁっと熱くなり、愛液がとろとろと流れ出る。どういう感情によるものだろう。

春花を感じさせたのと同じ男根で、貫かれることを待っている自分がいる。

「ひどいもんか。こんなにドロドロに濡らしてるくせに?」

「あぁっ」

花びらをめくり返される。

屈辱的な状況なのに、腰が甘くとろけていく。

「いやぁあっ」

検査するように動いていた中年男の指が、クリトリスを軽くつまんだ。

「でっかいクリだ」

敏感な肉芽をつまんだ指がくるくると丸めるように動く。ビリビリとした刺激が皮膚の下を走り抜け、静電気に打たれたみたいに震えてしまう。

「んっ、んんっ……はっ、はぁっ、あぁあっ」

しのぶはシーツに顔を埋め、わき起こる声を嚙み殺した。

逃れたいのに、嫌なはずなのに、もっとしてとばかりに腰がうごめく。

クリなぶりは執拗《しつよう》に続き、しのぶは電流が走るような刺激に震えた。ヒリヒリくる刺激が皮膚の下の神経組織を通り抜け、四肢の先端から抜けていく。爪の先まで痺れてしまう。

(ああ、どうしよう、気持ちがいい)

クリトリスは風に触れても感じる感覚の塊だ。痛いほどの刺激なのに、麻痺《まひ》したように甘くなり、腰がだるく痺れてくる。

「くーっ、くぅ、くぅう、……うぅーっ」

自分でいじるより、他人にいじってもらえるほうが心地が良い。

春花もこんな感じだったのだろうか。

(いや。どうしよう。変になる……)

静電気のような刺激は単調に続き、ふっと意識がとぎれた。

つるんとした熱いものが、スリットに押し当てられた感触に目を覚ます。

「え？　え？　えええ？」

「入れてあげるよ」

「やだっ。やだぁあっ!!」

しのぶは腰を振っていやがった。処女の恐怖心が身体をすくませる。

「ほらほら暴れるんじゃない。いい気持ちにさせてあげるから」

弘樹はお尻の山をピシャッと叩いた。

「きゃあっ！　な、何、何で？」

しのぶはとまどった口調で聞いてくる。

筋肉がはっきりと硬くなり、動きが止まった。

黒帯少女がすくんでいる。

すかっとする事実だった。

「お、また、お汁《つゆ》がでてきた。君は叩かれるのが好きなのか？」

亀頭でスリットをさすりながら、ぴしゃぴしゃと叩く。

音は大きいが、手加減して叩いているので、痛くはないはずだ。

「ち、違うっ！　そ、そんなのっ。違うっ」

「そうかなぁ。けっこうきつく叩いてるんだけど、なんか気持ちよさそうだよな。縛られて叩かれていい気持ちになってるなんて、ドMだよな」

言葉でいじめると、ドロッと愛液がこぼれた。ミルクヨーグルトの匂いが鮮明に立ち上る。

女子高生の甘酸っぱい汗の匂いと混ざりあい、清涼感のある発情臭になっていた。

　この子はMっけがあるらしい。

　にまにまと顔がほころぶ。

「そんな、そんなこと、ないっ！」

しのぶの混乱した悲鳴を聞きながら、弘樹は亀頭で、ぬるぬるのスリットを前後した。

真っ白なお尻の山が亀頭を追うように揺れる。

「君は淫乱なんだな」

そして、弘樹は、彼女の腰の脇をしっかりとつかむと、肉のへこみを先端でとらえ、ぐぐーっと奥へ挿入した。

「あーっ、あぁあああぁっ、あーっ」

(この子、痛がらないな。春花のときは、かわいそうなぐらい痛がっていたのに)

処女膜が抵抗してくる、ぷりっとした手応えを楽しみながら、奥へ奥へと挿入する。

入口と奥が狭いとっくり形なので、亀頭のエラが入口を通り過ぎると、あとは容易だった。

こんにゃくうどんを細長い筒につめたみたいな膣襞だ。ぬくぬくでぷりぷりして、男根にみちみちっとからみついてくる。

後背位なのでお尻の山が邪魔になって結合が浅く、真ん中のところで挿入が止まる。

「いや、いやぁっ」

しのぶは泣きじゃくりながら、後ろ手縛りの不自由な手で空気をつかむ。

はじめて押し入ってきた男根は、痛くなかった。

ほんとうに少しも痛くなかったのだ。どうしてだろう。初体験は痛いとみんな言うのに。

「はじめてなのに、痛くない、なんて、淫乱だよな……」

(私、淫乱なの？　Mっけあるの？　だから痛くないの?)

しのぶは混乱した。

違う、淫乱だからではない。これは、きっと。

(春花と一緒になれたからよ……)

下腹の奥がきゅうんと疼き、バルトリン腺液がどろっとあふれた。

痛くはないが、あんまり気持ちよくもない。お腹の内側をいっぱいにされた感じで、圧迫感と膨張感がある。

弘樹はペニスを押し入れたままでじっとしている。

「うう、君の、マ×コ、……か、からみついてくる。……淫乱だな。悪い子だ」

おとしめているはずの言葉が、なぜか心地良く耳に響く。

弘樹が、ほんとうに気持ちよさそうにしていたからだろう。

「いい身体だ……君はかわいいなぁ……」

身体を誉められて混乱する。プロポーションがよくてかわいいのは、春花ではないのか。

(私なんか、ぜんぜんかわいくないじゃないの)

「春花のと、私と、どっちが、いい?」

(私はいったい何を聞いているの?)

春花は春の花のようにかわいい女の子で、しのぶにないものをいっぱい持っている。しのぶは春花に憧れていた。春花のようになりたかった。

弘樹は即答した。

「もちろん、君のほうだよ」

その瞬間、言葉がやさしく溶けていき、結合部から甘い何かが生じた。はじめはかすかだったそれはぶわーっと大きくふくらんで、しのぶの目をくらませていく。

「あっ、あぁっ、あぁぁーっ」

痙攣を起こしたように、身体がガクガクと震える。

シーツの白しか見えないはずの視界で、金と銀のまぼろしがちらついた。

「うっ、くっ、くぅっ」

熱くたぎった膣襞が、きゅるきゅる締まる感触がたまらない。

弘樹はうなり声をあげ、腰を前後に動かしはじめた。

ぷりぷり硬い襞々が、肉茎にからみついてくる。

ひとつきするごとに、愛液がじわりと漏れて、痛いほどに締まる膣襞をぬるぬるにさせる。

「んっ、あぁっ……はっ、はぁっ……」

しのぶは甘い声をあげて悶えている。

ベッドに顔を伏せ、お尻をあげさせたこの姿勢だと、Tシャツに包まれた背中と後頭部、それにお尻の穴と結合部しか見えないが、後ろ手縛りの白い手が空気をつかんで震えるところがとてもいい。

「あぁっ、んーっ、んんんーっ」

しのぶの悲鳴がくぐもっているのは、シーツに顔を埋めて悲鳴を押し殺しているからだろう。

ぐちゅっ、くちゅっと結合部が音を立て、ベッドがギシッと悲鳴をあげる。

亀頭のエラで膣襞のでこぼこを引っかけながら前後するたび、お尻の穴がふわりと広がる。

押しこんだときの、ぱっくり開いた大陰唇が男根をくわえこんでいる光景も、引いたときの肉襞がめくれ返る様子も刺激的だ。

「んっ、あぁっ……はっ、はぁはぁ……んんっ」

しのぶの背中に痙攣が走る様子がはっきり見える。

「気持ち、いいんだろ？」

しのぶはひゅっと息を呑んだ。

「気持ちよく、なんか……」

弘樹は動きを止めると、彼女の腰の前に手を回し、秘芽を指先で押した。

「あっ、あっ」

しのぶのお尻は拳法少女らしく、贅肉《ぜいにく》がなく、硬く締まっている。そのお尻がぶるるっと震え、膣襞がきゅるきゅると締まる。

「気持ちいいんだろ？」

「うっ、あぁっ……い、いやっ……や、やめ、やめてっ」

「気持ちいいというまで、やめてやらない」

弘樹は蜜液で濡れてぬるぬるの秘芽を、さらにいじった。

「くーっ、うぅっ、くぅ」

しのぶはうめいた。

挿入されたままでのクリなぶりはたまらなかった。静電気のようなビリビリくる刺激が絶え間なく続き、身体がぶるぶる震えてしまう。

無意識に下腹に力が入って膣が締まり、男根の感触をいっそう強く感じてしまう。

「気持ちいいわけ、ないでしょっ。お、お腹の、な、中を、かき混ぜられているのにっ」

「そっか。じゃあ、もっとかき混ぜてやろう」

弘樹はしのぶの腰の脇を持ち直すと、お尻をぐいっとひっぱりあげた。

そしてリズミカルに前後する。

ぐっちゅ、ねちゃ、と結合部が音を立てた。

「あっ、あぁっ、あぁっ」

下腹がきゅんとして、膣奥をもっと突いて欲しいのに、亀頭は真ん中を押しては後退する。

尿意を我慢しているみたいで、いてもたってもいられない。

男根がひとつきするごとに、甘い何かがふくらんで、あふれそうになる。

「うぅ、うぅーっ」

冷たい陰嚢が、執拗になぶられてヒリヒリしているクリトリスにぺたっと当たって離れる。

気持ちがいいのか悪いのかもわからない。

視覚がおかしくなってきた。目の裏がキラキラする。身体がふわっと空に浮かぶ。

そんなことありえないのに、フワフワする感じが心地良い。

(私、どうなってしまったの？)

好きな相手ではもとよりない。証拠をみつけて警察に突きだそうとした。清楚な春花を汚したいやなやつ。

「気持ち、いいだろ？」

またも弘樹が聞いた。

「ええそうね。気持ちがいいわ」

なおざりな口調で言ったとき、ずっと感じていた甘い何かが、いっそう大きくふくらんだ。

(ほんとうね。気持ちがいいわ。春花も同じように感じたのかしら)

それは上昇気流となって、しのぶの意識をふわーっと空へと飛ばしていく。

「あーっ、ぁあぁーっ、いいぃーっ、気持ちいいーっ」

「うーっ。き、君は、淫乱、だな」

弘樹は声を弾ませながら、抜き差しを繰り返した。

しのぶは気持ちよくてならないとばかりに背筋をブルブルと震わせて、甘い声をあげている。

「真ん中が、うっ、いいのか？」

「そうよ。いいのっ！　真ん中がいいの！……気持ちぃぃぃーっ」

春花は膣奥で感じたが、しのぶは膣の中央に、感じるポイントがあるらしい。Gスポットだ。

後ろ手縛りの後背位だから、どうしても結合が浅くなる。それが彼女を、気持ちよくさせたらしかった。

「ひっ、あぁっ、だめぇっ、チカチカしてるぅっ」

しのぶはもう絶頂が近いようだ。

弘樹も、そろそろだった。抜かなくてはならないと思う一方で、男を知らないボーイッシュ少女の内側を自分の精で染めてやりたいと思ってしまう。

（いや、だめだ。それはかわいそうだ）

あんなに嫌そうだったしのぶが、今はこんなにも心地良さそうに、弘樹に身体をまかせてくれてる。それだけで充分だ。

「うっ、……そ、外で、出すから……」

「春花は？」

「ん？」

「……春花は、どうした、の？」

「中で出した」

「わ、私にも、同じように、してっ!!」

弘樹は苦笑した。自分にはさっぱりわからない理屈だが、しのぶの同意を得たことで安堵《あんど》する。

この温かい膣襞に、精液をぶちまけてやりたい。それは、弘樹の、男としての、本能的な欲求だった。

弘樹はいよいよ動きを早くした。

「えっ、やっ……チカチカするっ」

しのぶは、快感のあまり幻覚に悩まされていた。

弘樹があまりに激しく突きあげるものだから、Gスポットを亀頭が抉って後退するときふわっととろける甘い快感がお腹の奥でふくらんでいく。

快感は背筋を伝って脳髄ではじけ、揺すりあげられるたび視界に金と銀のまぼろしを生み出す。

「あっ、あぁっ、ひっ、……ひぁ、んんんっ」

脳裏で、ぱぁんと音がした。

(やだ、私、おかしく、なってる……)

上昇気流がしのぶを空に向かって飛ばしていく。どこかに行かされてしまいそうだ。

「イきそう！　あぁあっ、イきそうよぉっ」

しのぶは嬌声をあげて背筋を反らせた。

下腹の奥がキュウと疼く。

「う、で、出るっ!!」

大きく腰を引いた弘樹が、ペニスを膣奥へと突きこんできた。

ドブッ。

熱い精液が膣中でしぶく。

Gスポットに浴びせられた精液は、しのぶにうっとり来るほどの快感をもたらした。脳裏で何かが爆発した。

ずっと感じていた上昇気流が激しくなる。

錯覚だとわかっていても、あまりの高さに目がくらむ。

「イっちゃううーっ」

ガクンガクンと痙攣する。

「うっ、ううーっ、うーっ」

弘樹は、射精の快感に身を委ねていた。

溜まったものを、思い切り吐き出す気持ちよさは最高だ。

まして、処女の女子高生が、弘樹の精液を受け止めてくれる。真っ白なボーイッシュ少女を、弘樹の色に染めている。

（この子、Ｍっけあるから、次はもうちょっと過激なことをしてもいいかも）

射精の最中で気が大きくなってるからか、都合のいい妄想にふけってしまう。

これは口止めのためのセックスだ。これっきりのはずなのに、二度目のセックスを夢想している自分がいる。

（だめだ。これっきりだ。これ以上したら、ほんとうに悪い男になってしまう）

しのぶの膣襞は、射精途中の男根にぬるぬるとまとわりつき、入口から奥へと順繰りに締まっていく。肉茎をしごきたて、精液を吸いだしているようにも思えた。

弘樹は、最後の一滴までしのぶに与えた。膣襞はまだにゅるにゅると動いていて、抜くのが惜しい気がしたが、ゆっくりとペニスを抜く。

しのぶが力なく腹這いになった。

はぁはぁと息を荒らげている。

意識はあるものの、放心しているらしかった。

ホットパンツとショーツを太腿の中程でまつわらせている状態なので、真っ白なお尻の山と、興奮のあまり充血し、赤く染まった大陰唇、それにセピア色のお尻の穴のコントラストが鮮やかだ。

手首を結んだネクタイをハサミで切り、ウェットティッシュのボトルを彼女に手渡す。

「はい」

「え？」

自分の股間がぬるぬるになっていることに気付いたらしく、かぁっと顔を赤くする。

「やだっ。恥ずかしいっ」

ボトルを放り出したしのぶは、おろおろと上半身を起こした。ベッドから降りて、ショーツとホットパンツをずりあげる。

「拭かなくてもいいのか？」

「ど、どうでもいいでしょっ。そんなことっ」

しのぶは憎まれ口を叩きながら、弘樹に背中を向けた。

ブラジャーを直そうとしてごそごそしている。

ほっそりした背中がくねり、甘酸っぱい匂いが漂う。

照れている彼女はかわいくて、弘樹はしのぶの背中を抱きしめた。

「きゃあっ」

しのぶはびくっと身体を震わせた。

「かわいい」

うなじにキスすると、しのぶの身体から緊張がほどけた。

あんなにも弘樹を嫌っていたくせに、ずいぶんと軟化したものだ。

「君はバカだな」

「わるかったわね。どうせ私はバカよっ」

「自分がかわいいってこと、わかってないだろ。君は？」

「春花みたいに、かわいい服を着ろって言ってるの？」

「違う。君は、そのままで魅力的だ。誰かと同じになりたいなんて考えるな」

しのぶはどうしていいかわからないとばかりに立ちつくしている。

(俺、気障なこと、言ってるなぁ)

自分で自分にあきれてしまう。

だが、これは、弘樹の本音でもあった。しのぶはかわいくて身体もいい。おかしなコンプレックスを抱いて、自暴自棄な行動に出るのはもったいない。

「君は男とつきあうべきだ」

「どういう意味よ？」

「春花のことは気にするなって言ってるんだ。春花は春花でちゃんとやるよ。君は君で、年相応の男とつきあって、楽しく生きればいいんだよ」

「あんたとだけはつきあわない」

しのぶは抱擁をほどくと、するっと逃れた。

弘樹は玄関へと急ぐ彼女の背中に、声を掛けた。

「このことは二人だけの秘密にしてくれ。春花のためにも。俺は君にまとわりついたりしないから」

「知らない」

玄関のドアが締まり、しのぶの背中を隠した。

第４章　縛っても、いいか？

弘樹は、コンビニの袋をさげて、オフィスに戻ってきた。昼休みのオフィスは、経費節減のために消灯されて、静まりかえっている。

この会社ではもう三年目だが、契約社員と派遣社員と正社員が混ざりあっているために、みなで連れだって外食に行くという習慣がない。社員たちはみな、昼休みのひとときを自由気ままに過ごしている。

オフィスの隅の接客用のソファに座り、コンビニ弁当を食べるのが、弘樹のランチタイムだった。

朝、駅の自動販売機で買ってきた新聞に目を落としながら弁当を食べ終わり、空き箱をゴミバコに捨てたとき、胸ポケットの携帯電話が振動した。

春花から写メが来ていた。

経費節減のため蛍光灯を全部落としているため薄暗い昼休みのオフィスで、携帯の液晶画面が白く光る。

今日五通めのメールだ。

仕事関係のメールは、パソコンで受け取るように設定しているから、携帯にメールをくれるのは春花だけ。春花にアドレスを教えてから、毎日、十通以上は到着する。

女子高生はメールが好きな生き物だと知識としては知っていたが、これほどだとは思わなかった。

忙しいので、なかなか返信を出せないが、昼休みと夜の二回はメールを返すようにしている。

女子高生とメールの交換なんて、交換日記を楽しむ男子高校生になった気分でうきうきする。

電話がめったに来ないのは、彼女なりに気を遣っているからだろう。

写メを開封すると、春花がこちらに向かって笑いかけた。

『いま、お弁当を食べ終わったところです。おじさまは素敵なレストランでランチされているのでしょうか？』

春花の背後は、紺色の制服だらけだ。

教室の中らしく、うきうきした空気さえも伝わってくる。

『次、いつ逢えますか。おじさまに早く逢いたい』

コンビニ弁当でランチだよ、と心の中だけで答えながら、少し考えてメールを返す。

『二十二（日）。午前十時。駅前のオブジェの前。どうかな？』

デートは、鉄道博物館でもいいのだろうか。遊園地のほうがいいだろうか。それともいきなりホテルでもかまわないのだろうか。

春花なら、何を選んでも喜んでくれそうな気がする。

親指でボタンを打つ携帯メールは、パソコンのように素早くできない。もたもたと時間がかかった。

しばらく待ったが、午後の授業が始まっているらしく、メールは返ってこなかった。

手持ち無沙汰になり、彼女から来たメールを順繰りに表示する。

『今日は抜き打ちの小テストがありました。なんとか解けたかな？』

『いま、しのぶちゃんとメイド喫茶です。しのぶちゃん。びっくりしてます』

例の事件のあと、一度だけしのぶを見た。

ホットパンツとTシャツという服装で自転車に乗っていた。弘樹に気付いたのか気付かなかったのか、彼女はまっすぐ前を向いて走り過ぎていった。

水色のスニーカーがソックスの白に映え、締まった脚が輝いていた。ボーイッシュな魅力が際だって、まぶしいほどに綺麗だった。

『しのぶちゃんに好きな人ができたみたいです。クッキーの作り方を教えてって頼まれました』

かぁっと顔が赤くなった。

(しのぶの好きな人って、まさか俺のことじゃないよな?)

弘樹は、自分が、女性にとって魅力的ではないことを知っていた。

SEとしての腕には自信があるものの、四十歳で独身。月給が多めなのは単純に残業が多いから。転職二回で、現在も契約社員。役職はついていない。

就職氷河期に高専を卒業したSEとしては、至って平凡な立ち位置ではあるものの、安定を求める女性には魅力的に映らない。

顔立ちも平凡で、気の利いた会話もできない。

女の人と交際したことなど今まで一度もなかった。

(うぬぼれは禁物だ)

そう思う一方で、期待している自分がいる。

いいことが起こりそうな予感がした。わくわくと胸が弾む。

その期待は、わずか半日後に叶《かな》えられることになる。

*

「ただいま」

誰もいない部屋に声を掛けながら、部屋に入る。

今日の残業は二時間半。八時台に帰ってこれたのは久しぶりだ。宅配便の受け取りがあるから、残業を切りあげて帰ってきた。

リモコンを手にとり、テレビをつける。ひとり暮らしのアパートにざわめきが供給され、静かすぎる部屋がほっとする空間へと変わっていく。

ベルが鳴った。

築年数を重ねた、古くて安いアパートなので、インタフォンやモニターフォンという便利なものはついていない。

「はい」

弘樹は覗き穴から相手を確認することなくドアを開けた。

アマゾンで購入した書籍の配達だと思ったのだ。

「きゃっ」

白いズボンに黒いコートのしのぶが、紙袋を胸に抱いて立っていた。

透かしの入った淡いピンクの袋に、赤いリボンを巻いたかわいいものだ。

「どうしたの？」

「入らせて」

「いいけど」

しのぶは、周囲をきょろきょろと見回して警戒しながら、部屋に入ってきた。

「あげる」

目の前に、にゅっと紙袋が差し出された。

「くれるの？」

つい確認してしまったのは、彼女がそっぽを向いたままで、視線をあわそうとしなかったからだ。

「そ、そうよ。あげるわよ。焼いたのは三日ほど前だから、しけっているかもしれないけどねっ」

頬が赤く染まっている。

ぶっきらぼうな態度は照れ隠しのようだ。

「ありがとう。いただくよ」

胸を弾ませながら受け取り、リボンをほどく。

手作りお菓子につきものの、甘い香りが漂ってきた。

もしかしてと思いながら開封したところ、ナイロン袋に包まれたクッキーが出てきた。

星やハート、月や円のクッキーだ。

「わぁ。すごい。しのぶちゃんが作ったのか？」

「そ、そうよ。春花に教えてもらったのよ。なかなか渡すタイミングがなくて。オジサンって帰り遅いし、両親は家にいるし」

「食べていい？」

「いいけど、不味《まず》いかもよ……し、しけてるかも、しれないし……」

弘樹はクッキーを口に入れた。

サクサクした食感で、口の中でほろほろと崩れる。

パティシエの作る逸品でもなければ、市販のクッキーの既製品的な味でもないが、手作りならではのやさしい甘さで、ていねいな美味《おい》しさがあった。

「おいしいよ」

しのぶは輝くような笑顔を浮かべた。

さっきまでの不安そうな表情が払拭《ふっしょく》され、同性の憧れのお姉様らしい、さわやかな美貌が強調される。

「よかった。……実はね、私もおいしいと思っていたのよ」

「何か用事？」

「えっと。そのう」

しのぶはコートの裾をいじってもじもじしている。

「かわいい」

「からかわないでっ」

「からかってない。本気だ」

しのぶはひゅっと息を呑んだ。

ふうふうと息を荒らげ、自分の手のひらで、頬をぴしゃぴしゃと叩いてから言う。

「お願いがあるの」

「うん」

「私と……。ううん。何でもないの」

（これはもしかして、おじさまが好きなの、っていうやつか……）

顔がにまにまほころんでしまう。

高校のときに体験しなかった告白タイムを、四十歳の今体験している。

しかも相手は、十六歳のとびきりかわいい女子高生だ。娘と言ってもいいほどの年齢差だ。照れているしのぶはかわいくて、いじわるかなと思いながらも、とぼけてしまう。

「何のことだ？」

「もう、オジサンのいじわるっ。アレに決まってるじゃないっ!!」

「そっか、アレかぁ」

弘樹はお菓子の袋をテーブルにそっと置くと、しのぶをきゅっと抱きしめた。

「きゃあっ」

「君は魅力的だ」

お腹のあたりに違和感を覚えた。ごわごわした生地と結んだ帯の感触だ。コートの下は道衣なのだろうか。

背中に回した手でお尻の肉を揉むと、しのぶの身体にぶるぶるっと痙攣が走った。

「そ、そうね、オジサンの恋人は、春花だから、デートしたり、できないのよね……。そうね。私は、……だけで、いいわ」

セックス、と声に出さずに言う。

「ほんとうにそれでいいのか？」

「いいのよ。春花との友情は大事にしたいし。オジサンが、そのう、ちょっと好きだし」

「ほんとうは大好きなんだろ」

「ふんっ、知らないっ」

背筋を指先で伝いあげると、しのぶがヒクッと喉を鳴らした。

やっぱりそうだ。コートの薄い布越しに感じる、このごわごわした服の感触は、やはり道衣だ。

「春花と同じになりたいからか」

「それもあるけど、それだけじゃない」

「だったらいいが、同じになろう、なんて考えるな。しのぶはしのぶでいいんだ。ボーイッシュなところも、かわいいところも、全部しのぶの魅力だよ」

しらふではとうてい口に出せないキザな台詞だ。だが、しのぶや春花が相手なら言える。彼女らは弘樹を好きで、尊敬してくれているからだ。

彼女たちの前では、包容力のある大人の男性でいられる。

「オジサンのそういうところ、好きかもね」

「俺もしのぶが好きだよ」

「うん。いいよ。オジサンがどういうつもりでも」

さばさばした言い方に、胸の奥がちくっと痛む。

（俺は二股を掛けている）

わき起こる罪悪感を、頭を振ってふりほどく。

「えっと、私、かわいくない格好してるんだけど、いい？」

しのぶはコートを脱いだ。

黒帯を締めた道衣姿だ。さわやかな汗の香りが立ち上る。りりしいいでたちにドキドキする。

「カッコイイ」

「ふんっ」

「練習してきたんだ？」

「うん。コートを着るとわからないでしょ。ほんとうは、おしゃれしたかったんだけど、今日しかこんなことできないし。急いで来たんだ」

「今日しか？」

「両親が親戚のお通夜で遅くなるの。十一時ぐらいまでなら大丈夫かな」

「そっか。道衣、似合う。強そうだ」

「そうよ。私、強いよ。……脱げばいい？」

しのぶは道衣の衿《えり》に手を掛けて、小首を傾げた。女っぽさのない服装が、逆に彼女をセクシャルに見せている。

「そのままがいいな」

　変態的な台詞が出てしまい、どきっとしたが、しのぶはこれだからオジサンは……とでも言いたそうな表情でため息をついた。

「いいわ。道衣なら、汚れても洗濯できるし。そのかわり、気持ちよくさせてね」

「その……。縛っても、いいか？」

「いいわ」

　春花とはノーマルなセックス。しのぶとはアブノーマルなセックス。春花にはできないことが、しのぶにはできる。

　道衣姿の黒帯少女、自分は強いという彼女。しのぶを好きにできると考えるだけで、下半身に血が集まる。

「ひどいことは、しないから」

「別にいいわよ。かよわい女になった気分でいられるから」

　大好きな友人と春花と一緒になりたい。前にしのぶはそう言った。女子高生にありがちな同性に憧れる感情なのだろうと思っていた。

　しのぶは春花のかよわいところが好きで、自分もそうなりたいと願っていたのだ。

(女の子って複雑だよな。いや、そうでもないか。ないものねだりは、男も同じだ)

弘樹は、しのぶの手を取り、ネクタイをかけて結んでいく。

「ネクタイ、だめになるわよ」

「君のためなら、ネクタイぐらいいくらでも」

「ふんっ」

そっぽを向いた横顔が、ほんの少しなごんでいる。

ネクタイをぎゅっと引き結び目をきつくすると、しのぶが震えだした。道衣姿の黒帯少女が怯えている様子には、劣情を刺激してやまない魅力があった。

「ベッドに乗って、仰向けになってくれ」

しのぶは素直に従うと、肘《ひじ》を使ってベッドに乗った。

彼女の手首を、ベッドの頭部にある柵に結びつける。

「なにをする、つもり？」

声が不安そうに震えていた。

(アダルトグッズ、欲しいな)

男性誌によく載っているローターやバイブがあれば、お互いが楽しいだろう。だが、なくても別にかまわない。代用できそうなものはいろいろある。

「くすぐってあげるだけだよ」

弘樹は引き出しから、新品の筆を取りだした。

「オジサンって、書道が趣味なの？」

「ガレキ。……えっと、プラモデルの彩色用だよ。ほらあれ」

弘樹は、棚の上に飾った戦車のガレージキットを指差した。今は忙しいので作っていないが、昔はよく作っていた。

「子供みたい。くだらない」

辛辣《しんらつ》な言葉がくすぐったく耳に響くのは、しのぶがおどおどした視線で弘樹を見上げているからだ。言い過ぎたのではないか、弘樹を怒らしてしまったのではないかと心配している、そんな表情だ。

これが春花なら、『すごいわ、おじさま。どうしてこんなことができちゃうの？』と誉めてくれるし、普通の女性はガレージキットにも弘樹自身にも興味がないから、『ふぅん』で終わりだ。

しのぶが弘樹を好きというのはほんとうだ。

弘樹は、しのぶの衿に手を当て、ぐっと開いた。

Tシャツに包まれた胸乳の盛りあがりが衿のあわいから覗く。

「なんだ、Tシャツを着てるんだ」

「当然よ。何を期待してたのよ？」

「こら、オジサンをからかうんじゃない」

「ふん」

Tシャツをめくりあげると、シンプルな白いブラジャーに包まれた乳房が露わになった。

「取るよ」

彼女の背中に手を回し、ホックを外そうとしてもたもたしていたら、しのぶがぶっきらぼうに言った。

「フロントホックだよ」

「教えてくれてありがとう」

胸の谷間に指を当て、ホックを外すと、白いブラジャーが真ん中から割れ、引っ張られるようにして左右に寄った。

中に納められていた乳房がぷるんと揺れながら飛び出す。

前回は気付かなかったが、しのぶの乳房は量感があった。春花よりも大きいかもしれない。

仰向けになっても形が崩れたりせず、ふっくらと盛りあがっている。ピンクの乳輪の上で、小さな乳首が先端だけを覗かせていた。

(あれ？　なんか違うみたいな)

しのぶの乳首は、春花と違っていた。ネットのエロ画像で見つける乳首とも違う。乳輪に乳首のほとんどが陥没し、先端しか見えない。右の乳首はまだましだが、左の乳首は完全に埋没している。

「乳首を見ないでよ。どうせ私は変よ。ふんっ」

しのぶは、陥没乳頭を気にしているらしく、ぷいと顔を背けた。

「変じゃないよ。綺麗なおっぱいだ」

これと同じ台詞を春花に言ったような気がする。

弘樹は、筆先を乳輪に滑らせた。

「あっ」

腹筋の締まったお腹にヒクッと痙攣が走るのが珍しく、縦長のお臍や乳房の谷間、脇腹のあたりに筆を滑らせる。

「あっ、ぁあっ、……あっ」

白い肌がひくひくっと震えるところがたまらない。汗がぷつぷつと噴き出て、さわやかな汗の香りとミルク系の甘い香りが漂った。発情の匂いだ。

「気持ちいい？」

「ふん」

「しのぶちゃんのおっぱい、すごく綺麗だ」

「どうして？」

「ウソつき」

しのぶは自分の乳首がおかしいことを知っていた。乳輪の中に潜りこんでいて、先端しか見えない。

ネットで調べ、陥没乳頭ということを知った。

半分だけ出ている右側はまだしも、左の乳首は先端まで陥没している。

女性の一割ほどが陥没乳頭だというが、女らしくない自分の象徴のようで、ひそかにコンプレックスを抱いていた。

「私の乳首、変でしょ？」

「変じゃないよ。かわいい形じゃないか」

弘樹の操る筆先が、脇腹やお腹、乳房の谷間、乳首や乳輪を撫で回している。筆でくすぐられるなんて、笑い出してしまいそうなのに、少しもくすぐったくない。

むしろ、ひどく、気持ちがいい。

「あっ」

筆で肌を掃かれると、身体がゾクッと来て、背筋が弓なりに反る。

手首を縛られているせいで、肌が敏感になっているのかもしれなかった。

「あっ、あぁっ、あーっ」

しのぶが悶えるたび、ベッドがギシリと鳴る。

弘樹は右の乳首を重点的に責めている。

乳頭を中心に乳輪をスルッと掃かれるたびに、乳首にもどかしくて焦れったい刺激が走る。

乳首がムズムズして痒《かゆ》い。手首が自由だったら掻きむしっていただろう。

筆先が、乳首を強く掃いたとき、ヒリッときた。

「あれ？　な、なんか……で、出てる、ってか」

弘樹のとまどう声が聞こえてきた。

「え？」

顎を引いて乳房を見ると、乳首が出ていた。飛び出していたのである。

「ウソぉ!?」

十六歳にしてはじめて根元まで出た乳首は、淡いピンク色でかわいらしい。思わず笑顔が浮かんでしまう。

弘樹は、しのぶの晴れがましい表情を見て納得していた。

（しのぶちゃんの乳首って、男でいう包茎と同じなんだ。女の子にとっては恥ずかしいことなんだろうな）

「かわいい。キスしたい」

指で乳首をつんと押さえると、彼女がそっと目をつぶった。かわいいと言って、憎まれ口が返ってこなかったのははじめてだ。

少し軟化したのかもしれなかった。

乳首にチュッとキスをする。

「右だけなんてイヤ。左もして」

ぶっきらぼうな口調がかわいい。

弘樹は彼女の乳房に顔を埋めた。左の乳首を陥没している乳輪ごと唇で挟み、ちゅうちゅうと吸いあげる。

「あっ、んっ、んん……っ」

右の乳首をそっと揉む。

十六年間乳輪の中に埋まっていた陥没乳頭は、ふにゃふにゃと柔らかい手触りだが、人差し指と中指のつけ根に挟んで揉みしだくと、コリッと硬く変わっていく。

「手触り、変わった」

「え？」

手をどけて、勃った乳首が彼女から見えるようにすると、しのぶは顔をほころばせた。

「普通ね」

「しのぶちゃんは普通以上にかわいいけどな」

「オジサン、バカでしょ？」

しのぶはあははと声をあげて笑った。仏頂面が多い彼女の笑顔は、胸が疼くほどに愛らしい。

「左もしてっ。右だけなんて、いやなんだからっ」

「はいはい。わかりましたよ。お姫様」

弘樹は右の乳房を揉みながら、左の乳輪を舌先で舐め回した。

弾力のある乳房で、ぐぐっと指を沈めると、指が弾き返される。硬く尖った乳首が感触のアクセントになっている。春花よりワンサイズ大きく、揉みごたえのあるふくらみだ。

「あぁっ、んんっ、んっ……はっ、はぁはぁっ、んんっ」

先端だけが出ている乳輪を舐め回しては吸いあげることを繰り返す。

舐めるときより吸うときのほうが反応が激しいことに気がついて、左の乳房を両手で揉みながら、唇で乳輪を捕らえ、ちゅうちゅうと吸った。

「あぁっ、あーっ、あぁ、……ん、んんんっ」

しのぶは悶えた。身体の中から何か吸い出されてしまいそうだった。手首をくくられているせいでしがみつくことができず、背中が反ってしまうのが恥ずかしい。

まるでもっと吸ってと乳房を突きだしているみたいだ。

「ちゅっ、ちゅぱっ、ちゅるる」

弘樹は、片方の手で乳房を揉みながら、もう片方の乳首をわざと音を立てて吸っている。

揉まれる刺激も心地良い。

恥ずかしいのに、恥ずかしくてならないのに、ペッティングは単純に気持ちがよかった。

「あぁっ、はぁっ、……はぁはぁっ」

「出ないなぁ」

左の乳首は完全に陥没している。簡単には出ないだろう。十六年間ずっと、埋もれていたのだから。

「……そうだ。あれ、使ってみようか？」

弘樹はベッドから降りると、机の引き出しをあさり、ロケットみたいなものを取り出した。白くてつるんとした外観は、こけしのようでもある。

「なにそれ？」

「クレーンゲームで取ったんだ。肩凝りをほぐすリラックスグッズだって」

「ふうん。クレーンゲームって、どうでもいいものばかりなのね」

(言い過ぎだよ。しのぶ。やめなよ。いくらオジサンが温厚だって、怒り出してしまうよ)

冷静な自分が警笛を鳴らすが、弘樹はおだやかに笑っている。

「あはは、まぁ、その通りだ。でも、これ、気持ちいいんだぜ。ほら、こうすると……」

男にしては細い指が、電動マッサージ器の横についているスイッチを入れた。

空気が鳴る音がして、先端が小刻みに振動する。

「え？　ま、まさか!?」

そのまさかだった。

弘樹は、電動マッサージ器の先端を左の乳輪に押し当てた。

「いやあぁあああっ」

しのぶは悶えた。心臓のすぐ上で電マがビリビリ来て、身体全体が震えてしまう。電撃に打たれた気分だった。

「やっぱ、きついかな？」

弘樹は迷いながら電マを押し当てていた。肩凝りをほぐす道具としては振動が弱すぎる。それにすぐ電池がなくなって動かなくなる。ゲームセンターの景品だから仕方がないとも言えるのだが、マッサージグッズとしては使い物にならない。

だが、しのぶの乳首は包茎のペニスと同じだ。この程度の振動でも、感じてくれるのではないだろうか。

「あぁっ、あぁあぁあぁっ、あぁーっ」

しのぶは悲鳴のような声をあげて悶えている。

手首をベッドの頭部にくくりつけたとはいえ、右に左にと転がるので、なかなか電マを当てにくい。

(振動でほぐしてみたらどうかなと思っただけなんだけど)

汗まみれになって電マを操っていたら、しのぶの乳輪がムクムクッとふくらんだ。

「きゃあっ。痛いっ。おっぱいに何を突き刺したのよっ。ひどい!!」

「え？」

電マで乳輪をほぐしただけ。何も刺したりはしていない。

女の子がいい気持ちになってくれるのがうれしいからイジリ回しているだけで、彼女が痛がったり流血するようなことはしたくない。

「あ」

乳首が出ていた。

左の乳首が、根元から出ていたのである。

「出てるよ。乳首」

「ウソ？」

「ほんとだって」

「どいて、邪魔よ！　見えないじゃない⁉」

弘樹の頭が邪魔になって見えないらしい。弘樹はあわててベッドから降りた。

ベッドサイドに電動マッサージ器を置く。

「ああ、ごめん。……ほら、出てるよ」

（信じられない……）

しのぶは驚きのあまりまばたきした。

ほんとうに乳首が出ていた。

十六年間出なかった乳首が現れたのだ。長年のコンプレックスが解消され、思わず笑みが浮かんでしまう。

「かわいい」

言ったのはしのぶではなくオジサンだった。

弘樹が再びベッドの上に乗ってきた。

そして乳房に顔を埋めると、左の乳首を舌先でれろっと舐めた。

「うっ、あぁっ……だ、だめぇっ」

しのぶは悶えた。

十六年間乳輪に埋まっていた乳首は敏感で、舐められると舌先のつぶつぶさえも感じてしまう。手が自由なら、払いのけていただろう。

「あぁっ、……あうっ、だめっ、だめぇっ」

縛られて逃れることのできないしのぶは、甘い声をあげて悶えるばかりだ。ベッドがギシギシ音を立てる。刺激が強すぎて怖くなる。

乳房の内側が甘く疼き、下腹の内側までもキュンキュンくる。ショーツの内側はもうべとべとだ。

脳裏でチカッと何かが光った。

(やだ。こんなの、早すぎる!)

「いや、いや、いやぁあっ」

(感度いいなー。しのぶちゃんって)

しのぶの乳房は、内側に硬い芯があり、ぷりぷりと指を弾き返してくるのだが、ペッティングを重ねるに従って、その芯が溶けてやわらかくなってきた。

乳首は逆に硬くなり、彼女が感じていることがはっきりわかる。

「あっ、はぁっ、だめっ、……んんっ、はっ、はぁっ」

彼女に覆い被さって乳首を舐め回していると、黒帯の結び目がごわごわと鳩尾《みぞおち》に当たってたまらない。

乳首をちゅうっと音を立てて吸ったときのことだった。

「ひゃうっ」

しゃっくりのような悲鳴をあげると、背筋が弓なりに反り、身体がクッと硬くなった。

「え?」

ペッティングだけでイったのだろうか。まさかそんなことはありえない。

とまどう弘樹の前で、しのぶの緊張がほどけ、浮かんでいた背中がベッドについた。

しのぶは真っ赤な顔をして、はぁはぁと息を荒らげている。

「イった？」

「知らない！」

「ズボン、取るよ」

道衣のズボンに手を掛ける。

ズボンは、紐《ひも》で巻きつけて止めるだけの簡素なつくりで、お臍の下の紐をほどいただけでゆるゆるになった。

「やっ、やっ、恥ずかしいっ」

しのぶが悲鳴をあげながら腰をひねってくれたので、すぽっと足から抜けてしまい、白いショーツだけになる。

甘酸っぱい匂いが、ぷんと香った。ベイクドチーズケーキに似た香り。発情のあかしだ。

下肢をすりつけているのでわからないが、ショーツの奥底は、べとべとに濡れていることだろう。

「帯はほどかないの？」

しのぶは聞いた。

「ほどきかたがわからない」

「教えてあげるわ」

「このままでやりたい」

「オヤジくさいのね」

「ダメか?」

「……もう、仕方ないなぁ……、好きにしてよ」

弘樹は腰の脇に手を掛け、ショーツを脱がそうとした。

そのとき、玄関のベルが鳴った。ネット通販した書籍の配達だ。

弘樹は、ショーツの中に電動マッサージ器を入れ、スイッチを入れた。

ショーツが電マを挟み、クリトリスに密着した状態で振動をはじめる。

「きゃっ」

しのぶはギクシャクと暴れた。

「や……っ」

手を縛られているため、電マを取ることができず、腰をもじもじと動かして、真っ赤にさせている。

目尻が赤く染まって色っぽい。

ショーツの奥底が、蜜液で濡れていく様子がはっきりわかる。

「しっ。宅配便のお兄さんに聞かれてしまうよ」

春花はひゅっと黙りこんだ。

身体を硬くして眉根を寄せ、じっと我慢している。

弘樹は判子を持って部屋を出た。

寝室のドアをほんの少し開けておいたのは、しのぶの気配を感じておきたかったからだ。

「ちわーす。代引きでーすっ」

「ああ、そうだった。ごめん、財布を持ってくるよ」

部屋に戻り、ベッドの上のしのぶが汗まみれの身体をのたうたせている様子を眺めてから、スーツのポケットから財布を出し、玄関へと向かう。

(どうしよう。どうしたらいいの)

しのぶは手首を縛られた不自由な身体をのたうたせていた。

ショーツの中の電動マッサージ器は、柔らかい布に押さえられ、ビリビリと振動しながらしのぶに快感を送りこんでくる。

腰が痺れるだけではなく、脳髄までも揺さぶられるようで、目の裏で原色の火花が飛ぶ。しのぶはガクンガクンと震えていた。ベッドのきしむ音が気になるが、痙攣はどうしたって治まらない。

（もうだめ、許して……。痺れちゃう）

声を出せないことが、快感を内に籠もらせているみたいだった。

ドア越しに、弘樹が宅配便の人とおしゃべりをしている声が聞こえてくる。

電マの振動は単調なのに、快感は大きくなったり小さくなったりする。

（ああ、もう。うっとうしい。この振動、いったいいつまで続くのよ？）

寄せては返す波のようだった。目の裏で星が飛び、感電するほど感じたり、刺激に飽きてうっとうしくなるときが交互にくる。

（止めて。早く、止めてぇっ！　イキそうよぉっ）

「ありがとう」

「ありがとうございました」

宅配業者とおしゃべりしている声が聞こえてくる。

（よかった。これで終わりだわ！）

そう思った瞬間、快感が大波のようにやってきた。

「んっ、んんっ、……ぁあっ」

「え？　今、何か？」

ゾッとした。

宅配便の人に、自分の痴態を知られたのではないかという恐怖で身体の芯が凍えてしまう。

「猫を飼っていてね」

「猫？　まぁ、いいや。ありがとうございましたっ」

ドアが締まる音がした。

ほっとした瞬間、脳裏でバーンと音がして周囲が銀色に染まった。

「イっちゃだめぇっ！」

しのぶは叫んでいた。自分に向かって言い聞かせるつもりが、言葉になってでてしまった。

縛られた不自由な身体でギクンギクンと痙攣する。ゲームセンターの景品の電マなんかでイきたくない。あまりにも安っぽすぎる。

（どうせイくなら、おじさんのチ×ポのほうが……）

「あははっ」

弘樹は笑いながら部屋に戻った。

しのぶの悲鳴があまりにもタイミングが良すぎて、おかしかったのである。

「おじさん、は、早く、取って」

しのぶは白い肌を脂汗でまみれさせ、こきざみに震えていた。ショーツがどろどろに濡れていて、彼女が絶頂寸前まで高まったことを示している。

ベイクドチーズケーキの香りが濃厚に立ち上る。

「しのぶちゃんが行っちゃだめって言うから、宅配便のお兄さんが戻ってきたよ」

「嘘っ!?」

赤かった彼女の顔が、スゥーッと青ざめた。

「嘘だよ。冗談だ」

ショーツの中に手を入れて、電動マッサージ器を取りだし、スイッチを切る。しのぶの身体から緊張がほどけた。

「ふん、早くしなさいよ」

つんとしながらねだってくるところがかわいい。

「わかった。ショーツ、取るよ」

「やっ、やっ、やだっ」

しのぶは力をこめてお尻をベッドに押し当てて、脱がされまいとした。

「なんでだよ？　早くしなさい、だろ？」

「は、恥ずかしいよっ」

「でも、パンツ取らないと、入れてあげられないよ。それとも、電マ、気に入った？」

弘樹は、しのぶの蜜にまみれた電マを持つと、スイッチを切ったり入れたりした。しのぶの頬が苦しそうに歪む。

電マ放置は、辛《つら》かったようだった。

「ふんっ、す、好きに、しなさいよっ」

「わかった。好きにするよ」

弘樹は電マをベッドサイドに置くと、ドアを開けて出ていった。

「えっ？　えええ？」

ドア越しに、しのぶがおろおろしている声が聞こえてくる。

手首を縛られ、身体に火を点けられた状態で放置されるのは苦しいはずだ。

「オジサン、は、早く、な、なんとか、してぇっ!!　あ、あぁぁっー、あーっ」

しのぶの泣き叫ぶ声が聞こえてきた。

（そろそろいいかな）

弘樹はドアを開けて寝室に入った。

「こんにちは」

しのぶがほぅっと安堵の吐息をつく。

「ふん、さっさとしなさい」

「はいはい、お姫様」

しのぶのショーツに手を掛けて引き下ろしていく。

「うぅっ」

しのぶは泣きそうになりながらショーツを剝がされる羞恥《しゅうち》に耐えた。クリトリスはヒクヒクしているし、ショーツの奥底がベットリ濡れていて恥ずかしい。下腹の奥がキュンと疼いて、早く入れて欲しくてウズウズしているのに、羞恥がしのぶの行動を縛ってしまう。

やがてショーツは、足首から引き抜かれた。

「しのぶちゃん。クリ、かわいい。おっきくなっているね」

「ふんっ」

しのぶは泣きそうになった。ヘアを乗せた恥丘と、クリトリスだけが露わになり、死にたいぐらいに恥ずかしい。

弘樹は、さっきの筆を持って、にじり寄ってきた。

「な、何を、する、つもり……」

弘樹は筆先で、クリトリスをスルッと撫でた。皮膚の下の神経組織を、静電気そっくりの鋭い刺激が通り抜ける。

「きゃんっ」

「しのぶちゃん、クリ、弱いもんな。指でいじるより、筆のほうが、きっと気持ちがいいと思うよ」

弘樹の操る筆先が、秘芽の上をスルッと掃く。

「ひあっ」

限界まで勃起していたクリトリスがさらに勃起し、ドクンドクンと脈動をはじめた。いつもなら存在さえ忘れてしまえるほどの小さなものなのに、こうなってしまうともうだめだ。

弘樹が筆を操るたびに、冷たくて熱い刺激が腰に走り、爪の先から抜けていく。

手首を縛られ、イジリ回されるのはたまらない。腰がカクンカクン揺れてしまう。

「あっ、あぁーっ……い、いやっ、いやぁっ」

「しのぶちゃんのクリ、ぱんぱんに大きくなってきたよ」

「いやあぁっ」

しのぶがうつ伏せになって抵抗したが、手首がねじれて痛そうだ。

弘樹は筆で、しのぶのお尻の穴を撫でた。お尻の山に痙攣が走るのが見て取れた。

「や、やめてっ、変になるっ」

手首のねじれが元に戻るような感じで、しのぶが仰向けになった。

弘樹はさらに陰核を筆先で撫でた。

「んっ、んんーっ、……あぁっ、はぁはぁ……っ」

しのぶは下肢をすりあわせているが、クリトリスはガードできない。包皮がめくれた秘芽はピンク色を通り越して紫色に変色し、小指の先ほども大きくなってヒクヒクと震えている。

「いやぁっ、いやーっ。やめてぇっ」

よく締まった腹筋が痙攣している。

しのぶの下肢がゆるんだ。筆の刺激が気持ちよくて、彼女の身体がもっとしてとねだっている。

腰が浮いた。そして、太腿をぱかっと開くと、まるで秘部を見せつけるようにして腰を揺らす。

「う」

弘樹は、黒帯少女のエロティックな様子に見とれた。

（すげぇ。真っ赤だ）

しのぶの秘部は、充血して真っ赤に染まっていた。

大陰唇はぱっくり割れて、花びらまでも開いていた。桃色の粘膜の真ん中で、ヒクつく膣口が見える。

こうして見ると、春花とはずいぶん違う。しのぶのほうが秘唇がぷっくりして子供っぽく、ヘアも薄い。

クリトリスは包皮をめくり返らせて、小指の先ほども大きくなっていた。

「い、いや、見ないで」

だが、太腿は九十度に開き、腰がカクンカクンと前後している。

（しのぶちゃん、ノリノリだ）

いやだというのは口先だけ。しのぶの身体はもっとイジッて欲しがっている。

女の子をイジリ回すのはとても楽しい。

クリトリスに筆先を走らせると、ブチュッと音を立て、愛液が大量に吹き出た。

「うわっ」

「恥ずかしいっ、恥ずかしいよーっ……ひくっ」

しのぶはしゃくりあげた。

腰が痺れてだるくなってきた。子宮もキュンキュン疼いて苦しい。ヒクッヒクッと身体が震え、目の裏がチカッと来る。おいしいものをいっぱい食べて苦しいのに、なお空腹で耐え難いような、そんな焦燥に悶えてしまう。

身体が何を求めているのか、しのぶはわかっていた。

(オジサンのオチ×チンが欲しい)

だが言いたくない。そんなはしたないことを言ってしまうと、戻れなくなってしまいそうだ。唇を嚙んで欲望に耐える。

弘樹の操る筆先が秘芽をつんつん押したとき、静電気が皮膚の下で荒れ狂った。目から火花が出そうだった。

「や、やめてぇっ。も、もう、ゆるしてぇっ。オジサンのチ×ポを入れてぇっ」

(ああ、ついに言ってしまった……)

「わかった。やめてあげる」

弘樹は服を脱ぐと、自分で男根を握った。そして前後に動かして、勃起している肉茎をさらに大きくする。

恥ずかしくて男根を直視できない。

顔を背けていると、弘樹がしのぶの足首を持った。

(足を開く気なんだ!!)

「い、いやっ、やめてよっ。恥ずかしいっ」

しのぶなら、弘樹を蹴り飛ばすことは簡単なはずなのに、ばたつかせている足にはまるで力が入っていない。まるでもっと見てと言っているみたいだ。

弘樹は、膝小僧が乳房につくほど深く倒してから、ぐいっと左右に開いた。

「きゃあっ」

しのぶは身体を硬くして羞恥に震えた。

視線がちくちくと針になって突き刺さる。

「入れてあげる」

弘樹はしのぶに覆い被さった。

亀頭をスリットに押し当てる。

「ええ、そうね。入れて」

「素直なんだ？」

「おもちゃみたいにイジリ回されるより、ずっとマシよ」

憎まれ口を叩きながらも、しのぶの身体は挿入を喜んでいる様子で、自分から腰をゆすって位置をあわせてくる。

彼女の肩を押さえ、ぐぐっと押しこむ。

細長い筒状のしのぶの膣は、弘樹の男根にみちみちとまとわりついてくる。

「あっ、あぁーっ、あーっ」

しのぶは甘い悲鳴をあげた。

正常位はいい。しのぶのりりしい顔だちが、女の喜びに歪む様子が見える。

春花は、真ん中の狭いところにツブツブが集中しているが、しのぶの膣は全体に突起が生えていて、引っかかりが多い。

挿入時の、押し寄せてくる膣襞を、亀頭で無理矢理に掻き分けながら進む感じが最高だ。

「あぁっ、いいー。気持ちいい」

弘樹はわざとゆっくり男根を挿入した。

「俺も気持ちがいいよ。しのぶちゃんのマ×コは最高だ」

「春花よりも？」

「ああ」

しのぶは誇らしそうな笑顔を浮かべた。

熱くたぎった膣肉が、クニュクニュと巻きついて、内からジワッと愛液が漏れる。

快感にうっとりするしのぶの表情も魅力的だ。

乳首が出たままの乳房をつかみ、小刻みに前後して、膣襞の引っかかりを楽しみながら挿入していく。

「あぁっ、はっ、はぁっ」

しのぶは悶えた。

男根が押し入ってくる感触は、ただひたすら心地が良かった。

亀頭のエラが、みっしりとあわさった襞々を掻き分けながら侵入してくる。

ぶるぶると身体が震えた。さんざん焦らされたあとだったから、挿入の満足感がいっそう強い。

ペッティングがえんえん続くと苦しくなる。子宮がキュンキュン疼いてたまらない。甘すぎるお菓子が苦く感じてしまうのにも似て、気持ちいいのに苦しくなる。

弘樹の男根はなんて気持ちがいいのだろう。

「しのぶちゃんのマ×コ、気持ちいいよ」

「ふんっ。オヤジくさい。最低っ！」

身体を誉められるとうれしい。ちゃんと女の子なのだと思える。

春花よりもアソコがいいなんて思わなかった。だが、無邪気に喜ぶのは悔しくて、悪態をついてしまう。そして、かわいげがなかったのではないかと不安になる。いつもそれの繰り返し。

「あははっ。しのぶちゃんらしい。すげぇかわいい」

弘樹はしのぶの憎まれ口を楽しんでいるみたいだった。かわいい女の子として扱ってもらえるのはうれしくて、緊張がふわっとほどける。

そのとき、亀頭が、ありえない深さに侵入した。

「えっ？」

はじめてのとき、亀頭は膣の真ん中あたりまでしか入らなかった。真ん中を亀頭のエラで引っ掻かれて気持ちがよかったが、きゅんきゅんする奥を突いてもらえたらもっと気持ちよくなるのにと思っていた。

膣奥に先端が当たった。それどころか、子宮を押しあげるほど深く入り、クリトリスが彼の下腹部に押さえられる。

「えっ？　え？」

正常位は結合が深くなるのだが、しのぶにはそんなことはわからない。肉茎が膣奥を突きあげた瞬間、深くて太い刺激が身体の芯にズウンと走った。

「……ひぁっ!!　あぁあっ」

一瞬遅れて悲鳴が出た。

ぶるるっと身体が震える。これはいったい何だろう。

身体の奥が熱く脈動している。

「だめっ、奥、だめっ、だめぇえっ」

「え？　奥？」

弘樹はびっくりして聞き返した。しのぶは膣の真ん中のGスポットが感じるタイプではなかったか。

「そうよ。奥が、……ぁあっ、いいのぉっ!!」

腰を軽く引き、子宮口を亀頭で押すと、黒帯少女の身体がぶるぶるっと震え、子宮頚管粘液がドブッと出た。

しのぶはガクンガクンと震えている。

膣襞が、ヒクつきながら男根に巻きついてくる。

「しのぶちゃんって、子宮が感じるんだ。女の子だな」

「女の子……」

しのぶは春花よりも感度がいいかもしれない。しのぶは子宮口もGスポットも乳首も、全部が性感帯だ。

奥が感じるというので、奥をえぐるようにして小刻みに腰を前後していると、しのぶが泣きそうに顔を歪めた。

「だめっ、クリが、ヒリッって。……あうぅっ、クリが、つぶれちゃう……っ!!」

正常位だと、弘樹の下腹部がしのぶの恥丘を押すために、勃起して剝けたクリトリスが弘樹の陰毛でこすられて感じるらしかった。

筆でイジリ回したあとだから、よけいに刺激が強いようだ。仮性包茎の亀頭みたいなものだから、感覚の塊なのだろう。

「あははっ。クリがつぶれたら大変だよな。動いていいか？」

「ふんっ」

「ははっ。ははははっ」

感じまくっているくせに、それでもつんとした態度をとるしのぶがかわいい。春花とは違う魅力がある。

弘樹は、彼女の下肢をさらに開かせると、大きなスライドで律動をはじめた。はだけた道衣の衿から剝き出しの乳房がぷるんぷるん揺れ、しのぶの顔がせつなく歪む。

押しこむときは、膣襞がみっしりと押し寄せてくるし、亀頭が膣奥に当たるときの子宮口の硬い感触、引くときの亀頭のエラにつぶつぶが引っかかる抵抗感が気持ちいい。

「あっ、あぁあっ、あーっ」

しのぶは嬌声をあげた。

こんなにも深く入るものだとは思わなかった。

亀頭のエラが膣襞をこすり落としそうな勢いで前後するたび、亀頭が子宮口をねちっと叩いて離れる。

「だめぇっ、お、奥、だめぇっ」

ズウンと響くような重い戦慄が身体の芯を貫く。

クリトリスが弘樹の陰毛でザリッとこすられるとき、静電気のようなヒリッとくる刺激が、皮膚の浅いところを通り過ぎる。

「あぁっ、だめっ、いやぁあっ」

肌の表面と身体の奥深いところを同時に刺激されるのはたまらなかった。身体の震えが止まらない。揺すりあげられる動きに、身体の奥を貫く戦慄が重なりあい、ガクガクと絶え間なく震えてしまう。

「しのぶちゃん。女の子だね。その顔、すごくかわいい」

（オジサンは、私が言って欲しいことを、言ってくれる）

下腹の奥が甘く疼く。子宮のキュンキュンはペニスが前後するごとに激しくなっていく。目の裏がチカチカして、そろそろ絶頂だと知らせてくる。

前戯が執拗だったとはいえ、挿入されてから何分も経《た》っていない。いくら何でも早すぎる。

「うっ」

弘樹が顔をしかめた。

「どうしたの？」

「しのぶちゃんのが、良すぎて……っ。なんか、あ、あんまり、保《も》ちそうに、ない……っ」

弘樹はもうすぐ射精すると言っているのだ。精液がもらえると思った瞬間、子宮の内側がキュンと疼いた。

「精液をちょうだい！」

（私、いったい、何を言っているの⁉）

冷静な自分がたしなめているが、欲望は止まらない。精液を子宮いっぱいに受け止めたい。女の本能がしのぶを突き動かしていた。


弘樹は笑った。しのぶがこんなしおらしいことを言うなんて思わなかった。

「わかった。入れてあげるよ」

弘樹は、彼女の下肢を肩に乗せると、上から押しこむようにして律動した。

子宮が感じるしのぶのために、結合がより深くなるようにしたのだ。

腰を高くあげさせ、肩胛骨《けんこうこつ》と首と後頭部で身体を支える屈曲位だ。

「あっ、あぁっ、だめぇっ、ふ、深い、……感じちゃうっ」

さすがスポーツ少女というべきか、苦しい姿勢だと思うのに、しのぶは気持ちよさそうにうめいている。

この姿勢だと、亀頭がゴリゴリ子宮口に当たるので、とても気持ちがいいらしい。

膣襞のツブ立ちはいっそう見事になり、弘樹の抜き差しにあわせて、よじれるように締まっては、ゆるむことを繰り返している。

グッチュ、ジュクッと膣襞がきしむ音がして、結合部からアワが立っている。

「あぁっ、あーっ、気持ちいいっ！　いいのっ」

ブルブルッと彼女の身体に痙攣が走る。

子宮口をノックするたびに、精液を子宮に運ぶ役割をする子宮頸管粘液がどろっとあふれ、動きをなめらかにする。

「あっ、ひぁっ、あ、ん……っ！　だめっ、も、もう、イキそうよぉっ」

開いた下肢のあいだから、しのぶの顔が見える。りりしい顔だちが陶酔に歪み、ドキドキするほどセクシーだ。

「うーっ、うぅー、うーっ」

弘樹は激しく腰を使った。弘樹もそろそろで、動きがどんどん早くなる。

腰の奥で、溶岩がぐらぐらと煮えたぎり出口を求めて荒れ狂っている。

もうすぐ爆発というとき、しのぶがガクンガクンと痙攣をはじめた。膣襞がキュウと締まる。

「だめぇえっ、変になるぅ」

それがきっかけになった。

弘樹は大きく腰をスライドさせ、膣奥を亀頭で押しこむと、彼女の子宮に直接精液を注ぎこむつもりで射精した。

（え？　子宮が、熱い）

しのぶはとまどった。

さっきまであんなにも激しく動いていた弘樹が突然動きを止めたと思うと、子宮を押しさげるほど深く挿入した。

「うぅ、うーっ」

弘樹がうめき声をあげている。

膣奥の亀頭がドクンドクンうごめき、子宮に熱いものを感じた。

そのとたん、苦しいほどの子宮の疼きが、甘いおののきへと変わっていく。

脳裏で何かが割れる音がして、キラキラとした光の滴が周囲一面に振りまかれた。

弘樹はもう、動きを止めているにもかかわらず、振り回されている感じが止まらない。それどころかさらに強くなってきて、どこかに飛ばされそうになる。

ぱあんっと何かが割れる音がした。

「だめぇっ。イきそうっ!!」

しのぶは腰をさらに高くあげ、彼に下肢をからみつけて硬直した。

「うーっ」

膣奥で感じる精液の噴出が、いっそう激しくなった。

大波のようにやってきた何かが、しのぶの意識をさらっていく。

何かにつかまりたいのに、手首を結ばれているから、つかまることができない。拘束のせいでさらに激しさを増した絶頂に、硬直がほどけた瞬間、ガクンガクンと震えはじめた。

「イっちゃううっ‼」

あたりが何も見えなくなる。

しのぶはそのまま失神した。

「え？　し、しのぶちゃん？」

弘樹はとまどった。

激しく痙攣したかと思うと、がくっとなったからだ。

感度のいい子だと思っていたが、感じすぎて失神したらしい。

下肢を肩に担いだ屈曲位だから、ペニスが抜けることはない。彼女が失神すると同時に肩に重みを感じたが、弘樹への信頼の現れのようで、それさえも好ましい。

「うーっ」

彼女自身は意識を失っているにもかかわらず、膣襞が絶え間なくうごめく。ツブツブが巻きついてきていい感じだ。女の本能が、与えられる精液を、子宮に一滴残らず収めようとしている。

「うっ、うぅっ」

射精の最中で敏感になっている肉茎を、ツブツブが一面に生えた膣襞が、入口から奥へとたぐり寄せるように蠕動《ぜんどう》するのは、恐ろしく気持ちがよかった。

精液と一緒に、疲労物質や老廃物が抜けていく気分になる。

黒帯少女の子宮にたっぷりと射精してから、下肢を肩から外す。

パスンと音がして、彼女の腰がベッドに落ちた。

しのぶの鼻のアタマにキスをしてからベッドを降りる。

ぐったりしていたしのぶが目を開いた。

二人はしばらくそのままで見つめあった。

しのぶはかっと顔を赤くすると、道衣の衿と股間を掻きあわせた。

「ごめん」

しのぶに背中を向けて身だしなみを整えていたら、しのぶが話しかけてきた。

「ありがとう。オジサン。気持ちよかった」

しのぶらしくもない素直な言葉だ。

「そっか。よかった……。しのぶちゃんはさ、もっと自信を持つべきだよ。肩に力が入りすぎだ」

（なんか俺、偉そうなこと、言ってるなぁ……）

背中を向いたままで会話する。

「オジサンって、道院長先生と同じコトを言うのね」

「それって、少林寺拳法の先生？」

「そうなの。もうすぐ演武大会なのよ」

「試合？」

「少林寺拳法では試合はしないの。発表会みたいなものね」

「気楽にやればいいんじゃないか。間違えてもいいんだろ。テストとかじゃないんだから」

「もう、また道院長先生と同じことを言うんだから」

「応援、行こうか？」

「いらない。よけいあがるから。春花にも来ないでって言ってるの」

「あがるのか？　しのぶちゃんが？　なんか意外だ……いや、らしいのかも、な。しのぶちゃんって、中身は繊細だしな」

しのぶは、見かけと違って、センシティブな女の子だ。

女の子らしくない自分に悩み、少女そのもののような春花に憧れた。

それが、弘樹の家を家捜しするという、過激な行為につながった。

「ふん」

「そうだ。俺、あがらないおまじないをもっているぞ。えっと、たしか、このへんに入れたはず……あった！」

引き出しから、蛸《たこ》の形の携帯ストラップを取りだす。

蛸を擬人化したもので、ねじりはちまきの蛸おじさんが、唇を尖らせながらコテを扱ってお好み焼きを焼いているプラスチックの飾り物だ。紐のところを持って揺らすと、蛸に首からさがっている小さな鈴が鳴り、さわやかな音をふりまく。

帯を結び直したしのぶと目があった。

内田有紀に似たシャープな美貌に、スッと伸びた背中、黒帯を結んだりりしい道衣姿。

私は強いという彼女が、実はいろんなことに自信がなく、背中を押してくれる人を探していたなんて、きっと誰も気付かない。

友達の春花でさえ、気がついてないかもしれない。

「これやる。あがらないおまじないだ」

しのぶの手をとり、携帯ストラップを彼女の手の上に乗せると、しのぶはあきれたような顔をした。

「なに？　この大阪っぽいの？　またクレーンゲームの景品？」

「うん。そうなんだ」

「かわいくないデザインね。どうしてこれがあがらないおまじないなのよ？」

「だって、蛸は、凧《たこ》と違って、空にあがらないだろ。気は心だ」

「くだらない」

「しのぶちゃんはそう言うけどな、どうしてあがるか知ってるか？」

「緊張するから？」

「気のせいだ」

「ふん」

「だから、気休めは必要なんだ」

「まぁいいわ。ばかばかしいけど、もらってあげるわ。ありがとう」

そう言いながらも、しのぶはコートのポケットから、いそいそと携帯電話を取り出すと、大事そうにストラップをつけた。

鈴を揺らして顔をほころばせている。

女の子らしい、オペラピンクの携帯だった。

その仕草はかわいくて、抱きしめたくなって手を伸ばすと、しのぶは気配を感じたように顔をあげた。

手のやり場に困り、弘樹はあわてて身体の後ろで組んだ。

「オジサン。私の携帯ナンバー、聞きたい？」

「うん。聞きたい」

「仕方ないな。教えてあげるわ」

「ありがとう」

弘樹も携帯を取り出して、前後に開いた。

同じ蛸のストラップが揺れた。

「おそろい？」

「うん」

「くだらないわね」

つんとした口調だが、しのぶの唇がうれしそうにゆるんでいるのに、弘樹はちゃんと気付いている。

「いやか？」

「仕方がないからもらってあげるって言ってるでしょ。えっと〇八〇の……」

ボタンを親指で押し、彼女に電話をする。

「もしもし」

「はい。じゃあね。ありがとう」

しのぶはすぐに電話を切り、携帯をコートのポケットに収めた。

そしてあっさりと出ていった。

(かわいいなぁ。しのぶちゃん)

スポーティで生意気、内田有紀似のしのぶ。

花のお姫様のような、女の子そのもののような春花。

二人ともが弘樹を好きなんて夢のようだ。

うれしくてくすぐったくてたまらない。

だが、その一方で、彼女たちの純粋さにつけいっているのではないかというような、罪悪感にかられてしまう。

春花に知られたら、この関係は終わりになる。春花もしのぶも弘樹のもとから去っていく。

この楽しさはきっと今だけ。いいことは長く続かない。今までの弘樹の人生がそうだったように。

出向が多い職場なので、なじんだ職場を去っていく寂しさは、何度となく経験した。
いつかやってくる終焉《しゅうえん》まで、都合の良い夢を見ていよう。

第5章　二人のペットにしちゃおうか

「おはよう」

出社してきた弘樹がタイムカードを引き抜いたら、すぐ上のカードがラックから落ちそうになった。

「あれ」

カードには、昨日の退社時間と、今朝の出社時間が押されていない。昨日の出社時間が刻印されているだけだ。オフィスの空気も、なんとなく澱《よど》んでいる。

「おーいっ。佐藤くんっ。君、もしかして、帰ってなかったのか?」

窓際の席で頭を抱えている佐藤が顔をあげた。

「あ、俺、寝てましたね」

目が血走っていた。

「どうした。トラブルか?」

佐藤のカードをラックに戻し、タイムレコーダーに自分のカードを差しこんで出社時間を刻印する。

「はい。なんでか、エラーが出て。どこにバグがあるのかわからないし。容量もオーバーしてるし……。どこを削ればいいのか。このままじゃ納期に間にあわない」

佐藤は幽鬼のような口調で言った。

「昨日は完徹だろ？　おとついは家で寝たのか？」

「はい。五時間ほど寝ました」

終電で帰り、始発に乗ったということらしい。

いくら佐藤が若くても、こんな生活をしていたら身体を壊す。

「一緒にトレースしてみよう」

「え？　奥村さん。契約なのに、手伝ってくれるんですか？」

弘樹は、社員に距離を置いていた。トラブルが起こったときも頼らなかったかわり、納期が遅れそうな社員がいても手助けをしなかった。

しょせん、一年間の契約社員。会社は仲間を作る場ではなく、仕事をする場。そんな風に考えていた。

だが、春花としのぶ、二人を恋人にして、意識が変わった。人との距離が、一気に近くなったのだ。

「別にいいじゃないか。同じ会社の仲間なんだから」

佐藤もびっくりしているが、弘樹も自分の台詞に驚いていた。

「助かります。力を貸してくださいっ。奥村さんに助けてもらったら、きっと何とかなると思う」

タイムレコーダーに時刻を刻印する音が軽く響いた。

音につられて入口を見ると、入社してきた三人ほどの社員たちが、弘樹をちらちらと見ている。

「おはよう」

「おはようございます。奥村さん」

弘樹が声を掛けると、明るい声が返ってきた。

職場の空気が、ほんの少し、だが、確実に変わっていた。

*

「楽しかったわ。おじさま」

横を歩く春花が、にこにこと笑いかけてきた。

「そっか。よかった。ありがとう」

「お礼を言うのは私のほうよ。鉄道博物館ってはじめて入ったけど、珍しいものがいっぱいね。電車の運転のシミュレーション、楽しかった。ゲームセンターとは迫力が違うのね」

つないでいる手から、春花の気持ちが伝わってくる。

春花は鉄道にさして興味がない。なのに、鉄道博物館を無邪気に楽しんでくれた。

それは、弘樹が好きなものを自分も好きになりたいという、女子高生特有の純粋さによるものだ。

『これは何？　おじさま』

『きゃーっ、動いた。動いたわっ。すごーい。鉄道模型って凝っているのねー』

瞳をキラキラさせながらはしゃぐ春花は愛らしかった。

彼女の質問に答えたり、トリビアを解説したりすると、いちいち感心してくれるのでよけいに楽しい。

こんなデートなら最高だ。

女の子とつきあうなんて面倒くさいと思っていたが、酸っぱい葡萄《ぶどう》の心理なのだと今にしてわかる。

向こうから歩いてきた同年代の男性が、すれ違うとき、じろじろと弘樹を見た。その視線に好奇心と羨望《せんぼう》の色があることに気がつき、誇らしい気分になる。

親子と言ってもいいほどの歳の差なのに、春花が弘樹を見つめる目は恋人に向けるそれだ。

秋の日差しが降り注ぎ、花柄のワンピースを纏う春花を、明るい色に染めている。黒髪がキラキラ光って美しい。

「次はどこに行く？　今度は俺がつきあうから、君の好きなところに行こう。買い物があるなら、つきあってあげるよ」

「そうね。おじさまに服を選んでもらおうかしら」

「いいね」

春花に、弘樹の好みの服を着せて、連れ歩く。

考えるだけで楽しくなる。

「冗談よ。女の買い物は大変よ。服を買うのって時間がかかるの」

「春花っておしゃれが上手だよな」

「ふふっ。そうなの。将来は服飾が勉強できる大学に行きたいなって思ってるの。今はおじさまと二人の時間を楽しみたいの」

「その言い方、大人っぽい」

「あら、私は大人よ。だって、おじさまが私を大人にしてくださったのだもの」

春花は悪戯《いたずら》っぽく笑った。

弘樹はゴホンと咳払《せきばら》いをした。

「あら、おじさま、真っ赤だわ」

「こらっ」

弘樹は、げんこつをつくり、春花の頭を軽く叩いた。

「きゃーっ。助けてー」

「大人をからかうんじゃない」

二十四歳下の恋人とじゃれあうのは、くすぐったくて楽しい。

（この子の前では大人でいられる……）

四十代とはいえ、部下もいず妻子もいないから、年長者としての態度を取る必要がなかった。大人でいることは思いがけず心地良い。

「ごめんなさい。おじさま」

春花は頭を両手で押さえて首をすくめると、小首を傾げてぺろっと舌を出した。

このアイドル並みの容姿を持つ女子高生は、みための清純さとはうらはらに、小悪魔っぽいところがあり、弘樹をからかっておもしろがる。しのぶとは正反対な女の子だ。

「うーん。そうね。行きたいところがあるの。今からだと時間的にもちょうどいいかな。つきあってくださる？　おじさま？」

「ああ、いいよ」

「うれしいっ。おじさまっ。早く行きましょ！」

「どこに行くんだ？」

「内緒よ」

＊

「行きたいところ、ってここかぁ」

弘樹は、市民体育館の前で足を止めた。

『市民秋期武道大会』と毛筆で大書された巨大な立て看板が、秋の日差しに照らされて、いっそう白く輝いている。

弘樹にはその白さがうしろめたい。

春花は自動ドアをくぐって中に入った。弘樹もしぶしぶ足を動かす。

「私の友達がね。少林寺拳法の演武に出るの。しのぶちゃん、あがるからこないでって言うんだけど、そっと見てそっと帰ろうかなって思ってるの。かっこいいんだよ。女子の、人気のお姉様なのよ」

「ふうん」

弘樹は生返事を返した。心臓がどきどきと音を立て、冷や汗が出た。まずい。この展開はまずい。このままだと鉢合わせしかねない。

体育館の自動ドアが開いた瞬間、気合いの声と竹刀《しない》をうちあわせる音が聞こえてきた。

試合独特の緊張感が、締められたままのドアの向こうから漂ってくる。

「剣道の試合よね。少林寺拳法の演武は、もう終わったのかな？」

少林寺拳法の道衣に黄色や緑の帯を締めた小学生たちが、ホールでふざけあっていた。演武のあとなのだろうか。晴れやかな表情を浮かべている。

「終わったみたいだね。帰ろうか」

「でも……」

春花は弘樹と手をつないだままで立ち止まり、きょろきょろしている。

「春花、えっと、その……」

弘樹は、つないでないほうの手で携帯を取りだした。

スケジュール帳を確認するフリをする。

携帯電話につけた蛸おじさんのストラップが揺れた。

「どうしたの。おじさま?」

春花の黒い瞳が携帯をいじる弘樹を見つめる。

「ごめん、し……」

仕事が入ったと言おうとしたとき、春花が手をふりほどき、声をあげて駆けだした。

「しのぶちゃーんっ」

しのぶがホットパンツにカットソーの軽装で、こちらに向かって歩いてきた。

肩からさげたバッグから、黒帯を巻きつけた道衣が覗いている。

春花はしのぶに駆け寄ると、両手を取り、前後に振ってはしゃいだ。

「よかった。逢えたーっ」

対照的な二人だった。

花柄のワンピース姿で、ストレートロングの黒髪が美しい小柄な春花と、少年のようなりりしい美貌に、ホットパンツ姿のしのぶ。

正反対の二人が手を取りあって、はしゃいでいる様子は、宝塚のようにも見えてあやしげだ。

「わ、やだっ。どうしたのよ。春花っ!?」

「応援に来たのよー」

「私、場所とか時間とか言わなかったよね？」

「武道大会でネット検索したらわかったよ。市役所のホームページに載っていたの」

「そっか。なんか春花らしいな」

「演武、終わったの？　応援したかったのに」

「うん。今日は進行が早くて。今はもう、剣道の試合をやってるわ」

「あがらなかった？　どうだった？」

「バッチリ。緊張しなかったよ」

「待って。携帯が……」

しのぶはバッグから携帯電話を取りだした。

「あ、母さん。演武ね。今、終わったの。もちろん入賞よ！　賞状はあとでくれるって。春花と逢ったから、お茶してから帰るね。晩ご飯までには帰るから」

しのぶは携帯を切ると、ホットパンツのポケットに納めた。蛸おじさんのストラップが大きく揺れる。

「きゃーっ。入賞したんだ！　おめでとうっ。しのぶちゃんっ」

春花はしのぶに抱きつくと、ぴょんぴょんと飛び跳ねる。

「ふふっ。ありがとう。春花」

タイプの違う美少女が、抱きあう様子はなまめかしく、いよいよ宝塚じみてきた。

弘樹は迷った。今ならまだ逃げられる。だが、『立派な大人』が、そんな卑怯なことをしていいのだろうか。

ふいにしのぶが振り返った。弘樹と目があった。

どうしていいかわからず、硬直する。

気合いの声と竹刀を打ちあわせる音、子供たちの嬌声が交錯する体育館に、怖いほどの静寂が訪れた。

比喩《ひゆ》ではない。

動揺のあまり、物音が聞こえなくなったのである。

「おじさまはね、私の恋人なの」

春花がなんの屈託もない口調で言い、静寂が破られた。

「ふぅん。そう」

しのぶは引きつった顔をしている。動揺を抑えようとして、失敗してしまったという雰囲気だ。

弘樹もきっと、びっくりした顔をしていることだろう。

「しのぶちゃん、驚かないんだね？　普通は歳の差とか、驚くよね」

春花は何を考えているのだろう。瞳がきらきらと輝いて、小悪魔な魅力を際だたせている。

「デートなんでしょ。行ってくれば？」

しのぶが震える声で言った。

「私、しのぶちゃんのお祝いをしたいなー。一緒に行こうよ。ね。おじさま。いいよね？」

「あ、ああ」

弘樹としては、そう言うしかなかった。

＊

弘樹は、しのぶと春花の顔を交互に見ながら、ホットコーヒーを飲んでいた。

しのぶはこわばった表情を浮かべてそっぽを向き、目の前に置かれたオレンジジュースに手をつけようとしない。

春花は無邪気に笑いながら、ケーキセットのミルクレープを食べている。

「しのぶちゃん。お祝いなのに、ケーキ食べなくていいの？　ここのケーキ、おいしいよ」

よくあるタイプのファミリーレストランで、コーヒーもけっしてまずくはないものの、既製品に特有の均質的な味で、格別においしいというわけではない。

だが、春花は何でもおいしがって食べてくれる。気だてのいい女の子なのだ。

「うん。胸がいっぱいっぱい」

「胸がいっぱいなのは、好きな人が目の前にいるからでしょ？」

弘樹はコーヒーにむせそうになった。

「何を言ってるのよ。春花。こんなオジサンお呼びじゃないわ」

しのぶはとぼけることに決めたらしい。

憮然《ぶぜん》とした口振りで言う。

「でも、携帯ストラップ、おそろいだよね」

しのぶははっとして胸ポケットを押さえた。

弘樹もつい、携帯を取りだしかけてポケットに戻す。

「ふふっ。仕草までおそろいだわ。やっぱりね」

「春花……っ」

「えっと、これはだな」

おろおろする弘樹だが、春花は花がこぼれるように笑った。

「よかったぁっ！」

「え？　ど、どうして？」

とまどいの声をあげたのはしのぶだった。

「だって、私、おじさまもしのぶちゃんも好きだもの」

弘樹はぽかんと口をあけて、黙りこんでしまった。

思いがけないなりゆきに驚いて、声が出ないのだ。

だが、春花は、こういう女の子ではなかったか。

清純そのものの容姿に騙《だま》されてしまうが、この子は従順なばかりの女の子ではない。気が強くてはっきりしていて、小悪魔な魅力を持つ。弘樹を好きで、弘樹の顔色を読み、弘樹のいいように行動する。

「わ、私も春花が好きよ！」

しのぶがあわてたように言った。

「ふふっ。うれしいっ。おじさまは私達が好き？」

「あ、ああ……」

「二人のうちのどちらが好き？」

春花は、瞳をきらめかせて聞いた。背中に冷や汗が吹き出る。

（どう答える？　いや、それより、俺はどちらが好きなんだ？　春花が好きなのか？　しのぶちゃんなのか？）

(決められないって正直に言うか?)

迷ったあげく、弘樹は賭《か》けに出た。

「二人ともかわいい。俺は両方ともが好きだ」

きっぱりと言い切る。

一瞬の静寂のあと、しのぶがうれしいような困ったような表情をうかべ、春花が顔をほころばせた。

「よかったぁっ。しのぶちゃんのほうが好きなんて言われたらいやだなぁって思っていたの」

「おじさんって、春花のほうが好きなんじゃないの? 私、春花と同じぐらい好かれていたの? だったら、ちょっと、うれしいけど」

弘樹は安堵のため息をついた。

ばれてしまったことで、気持ちがすっと楽になった。

二股を掛けて、少女たちの純粋さを利用しているのではないかという罪悪感を、ずっともてあましていたのである。

「しのぶちゃん。時間あるよね?」

「うん。晩ご飯までに帰るって言ったから」

「じゃさ、三人で、ラブホ行こうか？」

「えーっ」

しのぶの顔がかぁーっと赤くなっていく。春花がおでこをくっつけあわせるようにして言った。

「だってぇ。私、しのぶちゃん好きだし」

「私も春花が好きよ」

「だったら問題なしよね」

瞳をあやしく輝かせる春花と、頰を赤らめて視線をゆらゆらさせ、恥ずかしがるしのぶ。二人は今にもキスしそうなほどに顔を近づけている。未熟な色気がゆらめき立つ。

弘樹は伝票を持って立ちあがった。

「行こうか」

声がかすれた。

＊

「ふうん。ラブホテルって、意外と普通なのね」

春花が好奇心を露わにして、トイレだの風呂だのを見て歩いている。

無邪気に行動し、緊張を感じさせない春花に対し、しのぶは顔をこわばらせ、両手で胸を抱いてこきざみに震えている。

「ねぇ。見て。おじさま。この中にロッカーがあるの。これ買っちゃっていい？」

しのぶがキャビネットの扉を開け、ロッカーを指差した。

お金を入れるとロッカーの扉が開くタイプのもので、アクリルの扉を透かして、中に入っているものが見える。

アダルトグッズの自動販売機らしい。

「ローターですって。二千円だそうよ」

「あ、ああ」

弘樹は財布から千円札を二枚出した。電動マッサージ器でしのぶをいじめたことはあるものの、アダルトグッズを買うのははじめてだ。

春花は瞳をキラキラさせながら自動販売機にお札を差しこみ、ロッカーの扉を開けた。

いそいそと紙箱を取りだし、蓋《ふた》を開けて逆さに振る。

ピンク色の細長い繭《まゆ》がころんと出てきた。

「ふうん。電池で動くのね。三十分しか持たないって書いてある。意外に短いのね。あらっ。

これ、リモコンになってるんだわ」

　春花がリモコンのスイッチを入れると、ジジジとモーターがうなり、ピンクの繭玉が動き出した。

　白いシーツの上でうごめくピンクローターは、どこかあやしい魅力があった。

「ふふっ。生きてるみたいね。コレが、アソコの中で動くんでしょ？　どんな感じなのかな？　ビリビリするのかしら」

　春花はくすくす笑いながら、指先でローターをつついて遊んでいる。

「ひくっ」

　しのぶが喉を鳴らした。もじもじと腰をくねらせる。ローターを見ているだけで淫靡《いんび》な気持ちになってしまったようだった。

「あら、しのぶちゃん。乳首勃ってる」

　つられてしのぶの胸を見たが、ブラジャーの分厚いカップにガードされて乳首は見えない。

「きゃあっ」

「あっ。ホットパンツにシミができてるっ!!　しのぶちゃんって、エッチなんだぁ」

「やだぁっ」

しのぶはその場にしゃがみこんだ。

「ふふっ。私が見てあげるね。ほら、脱いで。脱ぐのよ」

春花はしのぶの脇に両手を入れて無理矢理立ちあがらせた。

カットソーをくるくると脱がせると、ホットパンツのボタンを外し、引き下ろす。

「きゃっ。や、やだっ。やめてぇ」

しのぶのほうが力が強いはずなのに、されるがままになっている。Mっけのあるしのぶは、春花に強く出られると、抵抗できなくなるらしい。

しのぶはあっというまに下着姿にされてしまった。

服を着ているときはりりしいのに、ブラジャーとショーツだけで胸と股間を押さえ、おろおろしている彼女は、愛らしくてかわいい。

「しのぶちゃん。胸が大きくて綺麗だなぁ。ウエストはくびれてるし。お尻も締まって形がいいし」

「そんな……私は春花がうらやましかったのに……」

しのぶは困惑の表情を浮かべて、顔を左右に振っている。

「大好きよ。しのぶちゃん」

春花はしのぶの顔を両手で挟むと、ちゅっとキスをした。

しのぶは驚いた表情を浮かべ、逃げ腰になったものの、すぐに緊張がほどけた。

「私もよ。春花が好き……ずっと、好きだったの……」

はじめは唇をあわせるだけのキスだったのに、キスはしだいに深くなり、舌をからめ、唾液をやりとりするディープキスになった。

「んっ、ふっ、好きよ……しのぶちゃん、……んっ、んんっ」

「そんな、……信じられない……。春花とこんな……。夢みたい……。はぁっ……」

二人は顔を赤らめて、とろんとした表情でキスをしている。

ボーイッシュなしのぶと、女の子そのもののような春花のキスシーンは、どきどきするほどエロティックだった。

唾液に濡れた赤い舌がひらひらとうごめき、お互いの口腔を探りあう様子が見える。

「んっ、は……、はぁはぁっ、ん……っ」

春花よりも、しのぶの悶えようのほうが激しかった。

ブラとショーツ姿だから、というだけではない。背筋をくねらす様子や、しっとりと汗を帯びてつやつやする白い肌、太腿をすりあわせる様子がセクシーなのだ。

よく見ると、春花の手がしのぶのお尻の肉をつかみ、背筋を指先で伝いあげてペッティングしている。

「あーっ。ごほんっ」

えんえんと続きそうで、おいていかれた弘樹はわざとらしく咳払いをした。

「きゃあっ」

しのぶが春花の手をふりほどいて飛び退《の》いた。

「やだやだっ。私、な、なんてこと……」

両手で顔を覆ってイヤイヤをしている。自分のしたことが信じられないという感じだ。恥じらう仕草はかわいくて、これが女子の人気を一身に集めるりりしい黒帯少女なのかと思うほどだ。

「か……い、いや、何でもない」

かわいいと口に出しそうになって自重する。春花の前で言ってはいけないような気がした。

「かわいいわよね。しのぶちゃんって。おじさまと私の、二人のペットにしちゃおうか」

春花の無邪気な、だが、わずかに毒をふくんだ声が響いた。

弘樹は絶句し、しのぶがぎょっとした顔で胸と股間を抱いて後ずさる。

「な、何を、いうの？」

「だって、しのぶちゃん、かわいいんだもん。私はおじさまのメイド。しのぶちゃんは私たちのペット。おじさまはご主人様。どうかしら？　おじさま」

どうかしらと聞かれても、圧倒されてしまって何も言えない。

春花の真意を測りかねる。

「ペット、メイド？　じょ、冗談、よね？　春花」

「本気よ。私ね。しのぶちゃん、好きなのよ。かわいくて、いじめてやりたくなってしまうの」

春花の手が、枕の上に置かれていた浴衣の紐を持った。しのぶに向かってにじり寄る。

「そんな、私なんか……。かわいいのは、春花のほうじゃないの」

うわずった口調で抵抗を試みるしのぶだが、春花の細い手につかまれた手首が背中にねじられていく。

「ねぇねぇ。見てみてっ。しのぶちゃん、腕がこんなにあがっちゃう。やっぱりスポーツ少女だけあって、身体がやわらかいわね」

春花はしのぶのブラジャーのホックを片手で器用に外してしまうと、後ろ手に浴衣の紐をくくりつけ、背中の真ん中で拘束した。

しのぶの乳房は、小さな乳首をつんと尖らせていた。陥没乳頭だったのが嘘のようだ。

「や、やだっ。怖い！　こんなのいやっ」

「だってぇ、ペットなんだから。縛るのは当然だと思うの。首輪とかのほうがよさそうだから、次までに用意するね」

「次……っ？　く、首輪……」

「紐が余っちゃった。そうだっ。おじさま、手伝って」

「え？」

「そこの棒に結びつけたいのよ。私の身長じゃ届かないの。胸から縛っちゃって支えたほうがいいかもね」

春花は手の届く高さに作りつけられている棒を指差した。

洋服掛けにしては高い位置にあるので不自然だなと思っていたが、そういう目的のために作りつけてあるらしい。春花は案外普通と評したが、さすがラブホテルだ。

「あ、ああ。わかった」

弘樹は浴衣の紐をもう一本つなぎ、乳房の前後をいましめてから、棒にくぐらせて結びつけた。

両足が地面に着いているので、後ろ手縛りの吊りとはいえ、それほど苦しくはないはずだ。しのぶは抵抗しなかった。驚愕に目を見開いているだけだ。Mの血が騒ぐのか、とろんとした瞳をさまよわせてうっとりしている。

甘酸っぱい香りが漂ってきた。年若い少女の汗と愛液の匂い。発情の匂いだ。

事実、突きだしたお尻の谷間、大陰唇を隠すショーツの二重布は、内側が透過しそうなほどに濡れていて、クロッチの脇から蜜液があふれ落ちているありさまだ。

「おじさま。先に私に精液をちょうだい」

春花は、瞳をキラキラさせて小悪魔な笑顔を浮かべながら、弘樹の下肢を抱き、股間に頬をすりつけて甘えてくる。

この場を支配しているのはご主人様の弘樹ではなく、春花だった。

「あ、ああ、わかった……。でも、次はしのぶちゃんだからな。春花はもちろん好きだけど、俺はしのぶちゃんも好きなんだ。二人とも大事なんだ」

しどろもどろに言うと、しのぶが、はぁ、と甘い吐息をあげた。

「やだな。しのぶちゃん。色っぽいんだもん。なんか嫉妬《しっと》しちゃうなぁ。そうだ。これ、しのぶちゃんでためしちゃおう」

春花が明るい口調で言いながら、シーツの上にころんと転がっていたローターを指先で持ちあげた。

「ふふ。これ、入れてあげるね」

「え？」

「だって、私がおじさまと愛しあってるあいだ、しのぶちゃんヒマでしょう？　私、しのぶちゃんにも楽しんで欲しいのよ」

（ま、まぁ、いいか……）

弘樹は止めようとして伸ばした手を引っこめた。

この成り行きはおもしろい。

ほんとうは、二人で一緒に奉仕して欲しいのだが、春花のしたいようにさせてやろう。春花はしのぶに張りあっていて、先に弘樹とセックスしたがっている。

「オジサンッ、そ、そのっ……」

「よし、俺が入れてあげよう」

弘樹は、主導権をこちらに引き戻すつもりで、きっぱりとした口調で言うと、しのぶのお尻から、ショーツをめくりおろした。

太腿の真ん中あたりでまつわらせたままにしたのは、半脱ぎのほうがエロティックに感じたからだ。

黒帯少女の秘部に見とれてしまう。

「きゃあっ。恥ずかしいっ。恥ずかしいーっ。いやぁあっ」

しのぶは足を踏み替えて悶えた。

結果的にお尻をふりふりすることになり、まるで秘部を見せつけられているみたいだ。

「うっ」

ベイクドチーズケーキの香りがふんわりと立ち上る。

しのぶの秘部は、充血して赤くなり、湯気が立つほどに発情していた。

秘裂はパックリ割れて、ラビアはほころび、桃色の粘膜をさらしている。

引き締まった太腿の健康的な様子に比べて、発情した秘部の淫猥《いんわい》さは衝撃的だった。お尻の穴さえはっきり見える。

「あら、しのぶちゃん。オマ×コ、ぬれぬれのとろとろね。ふふっ。これ、入れてほしかったんでしょ？」

春花のしなやかな手が、お尻の山をスルッと撫でた。

「きゃっ」

しのぶの身体に戦慄が走り、膝からガクッと力が抜けた。

「や、やだっ、これ、キツイッ！」

しのぶがギクシャクと暴れた。

後ろ手縛りの吊りだから、足から力が抜けると、乳房の前後をいましめている紐で身体を支えている状態になり、お尻がクッと突きだされる。

「あっ、あぁっ、い、いやっ……いやぁっ」

しのぶは足に力を入れようとしているが、まるで力が入らないようだ。彼女がお尻をくなくな振ったとき、開ききったラビアの奥から、透明な蜜がひとすじ落ちた。

お尻の穴さえ剝き出しの恥ずかしい姿勢なのに、それが彼女の官能をいっそう高めている様子だ。

弘樹は、しのぶのエロティックな様子に見とれた。

「おじさま、それ貸して。私、しのぶちゃんのアソコに入れたい」

春花の細い指が、弘樹の手の上のローターをつまみ、しのぶの膣口に押しこんだ。

濃いピンクのローターが、粘膜のくぼみに沈んでいく様子は、手品みたいでどきどきする。

「あっ、あぁっ。……あーっ」

しのぶは甘い声をあげて悶えた。

冷たくて硬いローターが、身体の内側に沈む。緊張で下腹が縮みあがり、ひんやりした異物が膣の中を伝いあがっていく。

やがてローターの侵入が止まった。子宮口にめりこんでしまったのではないかと思うほどの深さだ。

はっと気付いた。

「や、やだっ、これ、紐、ないよね⁉　どうやって出せばいいの？」

出せなくなるのではないかとあわててしまう。

「そんなの知らない。ふふっ。そうね。アソコをキュッてすれば出てくるかもね。スイッチ入れるね」

残酷な言葉を紡ぐ春花に驚き、助けを求めて弘樹を見るが、弘樹は困ったような表情で事態を静観している。

しのぶの身体の奥で、ローターが振動した。

覚悟していたとはいえ、圧倒的なほどの衝撃に打ちのめされる。

「あぁあぁあーっ、や、やめてぇーっ‼」

ローターは小刻みに振動し、子宮ごと身体全体を揺さぶってくる。

電動マッサージ器でクリトリスをいじめられたことはあるが、クレーンゲームの景品はおもちゃにすぎなかったのだと今にしてわかる。

「い、いやっ、いやぁっ……痺れるっ、と、止めてぇっ」

まるで電気が走り抜けているようだ。

ビリビリくる戦慄が、目の裏や指先から抜けていく。放電しているのではないかと思うほどだ。足先が痺れ、立っていることができない。

「あぁ……。や、やだあ！　あっああっ!!」

前のめりになった上半身を、乳房の前後をいましめた浴衣の紐が支えてる。胸乳の前後を押さえられたせいで、内側がジンジンして熱く火照り、子宮までもキュンキュン疼く。

脳裏でちかっと何かが光った。

（いや、ローターなんかで、イきたく、ないっ）

「わぁっ。しのぶちゃん、すごく気持ちよさそう。すごぉい、いっぱいお汁が垂れてるねー」

春花の無邪気で残酷な声にはっとなった。

「止めてっ！　お願いっ。壊れちゃうっ」

弘樹がリモコンのスイッチを押した。振動が止まった。しのぶははぁっと熱い息をついた。

「しのぶちゃんは壊れないと思うけどなぁ」

春花の残念そうな口調が、放心しているしのぶの耳に響く。

弘樹は、不満顔の春花を抱き寄せ、ちゅっとキスをした。

「大好きだよ。春花」

春花の顔が、甘くとろける。

「ふふっ。大好きよ。おじさま。ねぇ。パイズリやってあげようか」

「えっ？」

春花との行為はこれが三度目だが、パイズリは今まで一度もやっていない。そんなお願いをしては悪いような気がして、一度もお願いしていない。

（ああ、そうか。しのぶちゃんに張りあってるわけか）

春花はしのぶの優位に立ちたいのだ。

「あ、ああ、やってくれないか」

春花は、いそいそとその場にしゃがむと、ズボンのファスナーを下ろした。そして前立てに手を入れて、男根をつかみ出す。

思いがけない事態が続き、もうペニスはぱんぱんに勃起している。

「わぁっ。すっごくおっきくなってる……っ」

春花は、揺れながらそそり立つ肉茎にいとしそうに頬ずりすると、ワンピースの襟を飾るボタンを外していく。ぐいっと開くと、花柄のワンピースの襟から白いブラジャーに包まれたふくらみが覗いた。

胸の谷間を細い指が探る。ブラジャーが真ん中から分かれて脇に寄り、乳房がぷるんと揺れながら飛び出した。

若い肌の、甘酸っぱい匂いが漂う。

春花の乳房は、しのぶに比べるとややこぶりで、パイズリするには量感が足りない。

だが、春花は胸乳を寄せるようにしながら、肉茎を挟んできた。

ぎゅっぎゅっと乳房を握りしめる。

「うっ」

量感のある乳房では、ここまでの刺激はなかっただろうと思うほど、パイズリは強烈だった。

春花の胸乳は、温かくてすべすべで、成長途中の硬さを残している。包みこまれるようなフンワリ感はあまりないが、ぴちぴちして魅力的だ。

春花が乳房をぎゅっと握りしめるたびに、刺激が間接的に伝わってくる。

ふくらみが押し寄せてくるぷりぷりの感触、胸の中央のあばら骨のごりごりした質感、春花の指が乳房を押し揉む気持ちよさ、それら全てが混ざりあい、焦れったいほどの気持ちよさに身悶えする。

「あっ、あぁっ、あーっ」

春花は、熱い吐息をついてあえいだ。

おじさまの男根を心臓のすぐ上で感じながら、自分の手で乳房を押し揉むのは気持ちがいい。

まるでおじさまのペニスを使ってするオナニーみたいだ。

「はっ、はぁはぁ……あん、お、おじさまぁっ」

春花は丸い稜線を引く乳房の谷間から覗いている亀頭を見た。乳房の白に亀頭の濃いピンク色が映えて鮮やかだ。

ギシッと棒がきしむ音がした。

しのぶを吊っている棒が、紐でこすれて音を立てたのだ。

「んっ、はぁっ……っ」

しのぶがあえぐ声が聞こえてくる。

（ふふっ。しのぶちゃん。おじさまに、パイズリしたことある？　いいでしょ？　うらやましいでしょ？　でも、私、しのぶちゃんにさせてあげない）

先端からこぼれる透明な液体が、ガムシロップみたいでおいしそうだ。

春花は勝ち誇った気分で舌先を出すと、亀頭をぺろっと舐めた。

「んっ、くちゅっ、……ちゅっ、れろっ」

先走り液は、ちょっと生臭いだけでほとんど味がないにもかかわらず、舐めしゃぶるだけで媚薬のようにとろんとくる。

「うっ、うぅっ、……うー」

おじさまの気持ちよさそうな声が心地良く聞こえる。

春花は、尿道口に舌先をこじ入れるようにして舌を動かした。

「わわっ、は、春花っ」

弘樹が腰を弾むように動かした。乳房の拘束から男根が外れ、ドブッと精液を吐きだす。

「きゃあっ」

悲鳴をあげたのはしのぶだった。春花の顔に容赦なくふりかかる白濁液に驚いている。

「うぅっ」

「ああ、素敵。なんて、すごいの……」

春花はうっとりと目を細めた。そして大きく口を開くと、射精途中の男根をくわえた。

「うわっ」

弘樹はぶるぶるっと震えた。

射《だ》すそばから呑まれていく感触にぞくっと来る。射精途中で敏感さを増している亀頭を、舐め回されるのはたまらなかった。

「んっ……ごくっ、ちゅっ……」

「春花、だめ、……あなたは、そんなこと、する女の子じゃない……」

ぎしっと紐がきしむ音がした。しのぶは泣きそうな声をあげ、吊られた身体を悶えさせている。

なんとなくわかる。しのぶは春花を清楚なものと思い、神聖視していた。その彼女がパイズリのあげくに顔を精液まみれにしてフェラチオなんて、夢を踏みにじられた気分でいるのだろう。

「ちゅぱっ……もう、うるさいなぁ……んっ、んんっ」

肉茎に添えていた春花の手が放れ、ポケットに入って、すぐにまたペニスを持った。

「あぐっ」

しのぶが感電したように震え出す。春花がリモコンのスイッチを入れたのだ。

「だめっ、いやーっ、こ、こんなので、イきたく、ないっ!!」

射精がほとんどおさまった弘樹は言った。

「止めてあげてくれ」

「ふん」

ほどけた。

「止めろ」

「わかったわ」

顔を精液まみれにさせた春花が答え、カチッという音とともに、しのぶの身体から緊張が

蜜にまみれたローターが落下し、床に落ちる。

「私、顔を洗ってくる」

春花が中座したのを幸い、しのぶを吊りから下ろす。

彼女の身体は汗にまみれて熱く火照り、だるそうにしている。乳房の前後をいましめている紐をほどくと、ふくらみの前後に赤い線が走っているのが見てとれた。

「大丈夫か？」

「オジサン、私にも、春花と同じことをして。私、春花と同じになりたい」

しのぶは熱っぽい視線で弘樹を見た。

（そうよ。私、春花が好き。春花と同じになりたいわ）

入学式ではじめて春花を見たとき、こんなにかわいい女の子が現実に存在するのかと思った。春花は、しのぶがこうありたいと思う憧れを具現したような女の子だった。そして、し

のぶのコンプレックスを刺激してくる存在だった。

そんな春花のパイズリ、とくに彼女の顔が精液で汚れる様子は衝撃的だった。だが、オジサンに対する不快感はない。憧れの存在を汚した男のはずなのに。これはいったいどうしてだろう。

「しのぶはしのぶだ。春花と同じになんかならなくていいんだよ」

弘樹の渋い声が、甘くせつなく胸に染みる。

それはきっとオジサンのこういうところ。

こういう男の人だからこそ、憧れの存在を汚したという怒りを覚えずに済んでいるのだろう。

オジサンは、しのぶのコンプレックスをも、破壊してくれたのだから。

「私、オジサン、好きかもね」

「光栄だ。俺もしのぶちゃんが好きだよ」

「ふふっ。ラブラブね。妬《や》いちゃうなぁ」

背後から春花の声が聞こえた。思わず振り返ると、春花が上気した顔をほころばせて立っていた。女の子っぽいワンピースの襟から乳房がこぼれていて、屹立《きつりつ》した小さな乳首が可憐だった。

裸同然の格好で弘樹に抱かれている状況に恥ずかしくなり、せめて太腿でまつわっているショーツをずりあげようと思うのに、吊られてローターでいじめられた身体は思うように動かない。

「ねっ。おじさま。私としのぶちゃんとどっちが好き？」

「決められないよ。両方好きだ」

「私を抱いて」

「さっきは春花だったから、今度はしのぶちゃんだ」

春花の女の子らしいかわいい顔に、うらやましそうな色が浮かぶ。

「いいなぁ。しのぶちゃん、魅力的だし、おじさまを取られそうでいやだなぁ……」

（もしかして、春花って、私に嫉妬してる？）

信じられないと思う一方で、じわっとうれしさが広がっていく。胸の奥がきゅうんと疼く。紐で乳房の上下をいましめられ、吊られて放置されていたせいで、ふくらみが圧迫されてじんじんする。

ほんとうは自分でおっぱいを揉みたい。この内側で火照っている熱い塊をなんとかしたい。

だが、後ろ手縛りで吊られたせいで、痺れた手は、思うように動かない。

ローターで内側から揺さぶられた子宮は、きゅんきゅん疼いてたまらない。

「しのぶちゃん。何して欲しい？」

弘樹が聞くと、しのぶはせつない声で答えた。

「おっぱい、揉んで。……ううん。入れて。私、オジサンのオチ×チンが……精液が欲しいのっ！」

弘樹は、ぐったりしたしのぶの身体を、床の上に仰向けにさせた。

Mっけのあるしのぶは、吊りとローターに酔ったらしく、腕を投げ出して、はぁはぁと息をあえがしている。

肌は汗ばんで剝いた茹《ゆ》で卵のようにつやつやし、頰と目尻は赤く染まり、下肢はゆるんで濡れた秘裂が覗いている。

ぐしょ濡れになったショーツを、太腿の真ん中にまつわらせているところが淫靡だった。

乳房の前後と手首についた赤いスジが、白い肌のアクセントになっている。

さっき射精したばかりとはいえ、黒帯少女のセクシャルな様子に興奮して、もう男根はぱんぱんになっている。

「しのぶちゃん。綺麗だ」

「ほ、ほんとに？」

「入れてあげるよ」

「ほんとにしのぶちゃんって綺麗よね」

覆い被さろうとしたその瞬間、春花のうらやましそうな声が響いた。

「ね？　おじさま。しのぶちゃんと私とどっちが綺麗？」

「二人とも綺麗だよ」

「ふふっ。おじさま、口がうまいんだから。アソコの綺麗さだとどちらが上かしらね？」

「それは見比べてみないとわからないなぁ」

「しのぶちゃん。お股《また》開いて」

「い、いや、そんなの……」

「じゃ、私だけおじさまに見てもらうね」

「開くわ」

しのぶが恥ずかしそうに下肢を開いた。

「ほら、もっと大きく開くのよ」

しのぶが無理矢理に下肢を開かせ、しのぶ自身の手で太腿を開かせた。

「わっ。しのぶちゃん。クリ、大きいのね。ラビアがべろーんって出てて、エッチなアソコよねー」

「くーっ、くぅ」

羞恥のあまり泣き声をあげるしのぶの反対側で、春花も仰向けになって股を開き、ワンピースの裾をめくりあげる。

「は、春花……そんな……だめぇ……っ」

しのぶが泣きそうな声をあげる。

女子高生二人の貝比べは、淫猥だった。春花のほうが大人っぽい形で、しのぶの秘部はぷっくりして子供っぽい。発情の度合いが激しいのもしのぶのほうだった。クリトリスはしのぶのほうが大きくて色が濃く、小指の先ほどもありそうだった。

「おじさま。どっちが綺麗？」

春花は聞いた。腰をくなくな動かして、秘部をおじさまに見て頂きやすいようにする。視線がちくちくして心地良く、もっと見て欲しい気分になり、人差し指と親指で秘唇をラビアごと開く。

(不思議ね。私、こんな大胆なことができる女の子じゃなかったのに)

それはきっとしのぶちゃんのせい。しのぶは春花に、理想の女の子像を重ねている。

少女らしい外見から、性格までかわいらしいと思われて、そのようにふるまっているけど、ほんとうの自分は大胆だ。自分が演じてきたキャラを壊すのは心地良い。

「両方綺麗だよ。春花のは大人っぽいし、しのぶちゃんのはかわいい」

「ふふっ。よかったわね。しのぶちゃん」

春花は、腰を揺すって秘部をくっつけあわせた。

「きゃあっ」

しのぶが悲鳴をあげるが、ぬるっとした柔らかい粘膜の感触が新鮮だった。腰がとろけてしまいそうだ。

下肢をからめあわせるようにして、秘部をこすりつけると、しのぶがずりあがって逃れようとした。

「だめぇっ」

「だめじゃないわ。だって私たち、キスした仲じゃないの」

春花はしのぶに覆い被さった。

反対方向に寝ころんで貝あわせをするより、抱きあうほうがずっといい。

おっぱいとおっぱい、乳首と乳首、クリトリスとクリトリスがくっつきあって、お互いを押しあう。

乳首と乳首をくっつけあわせると、ズクリと甘い疼きがくる。

「きゃぁっ、だめぇっ、春花っ。乳首が、あぁぁっ、乳首がぁ……っ」

しのぶにキスしようとしたのに、顔をくなくな振って唇を外された。

両手でしのぶの頬を押さえ、嫌がる彼女の唇を奪う。同性の唇は、ひんやりしていて、やわらかくて甘い。

「あぁっ……んんっ、んーっ」

しのぶのあげるくぐもった悲鳴が心地良く響く。


「しのぶちゃんが上のほうがいいな」

弘樹が言うと、春花が不思議そうに聞いた。

「どうして？」

「背中から入れると、奥まで届かないだろ。春花は奥が感じるタイプだし」

「ふふっ。おじさま。ありがとうっ。私を気持ちよくさせてね」

春花がいそいそと身体を起こし、しのぶの横に仰向けになった。

春花はワンピースを着ているものの胸と股間は丸出しで、しのぶはショーツを下肢にからませているだけの全裸に近い格好だ。

「しのぶちゃん。春花に覆い被さってくれないか？」

しのぶはのろのろと身体を起こすと、ショーツを脱ぎ捨て、春花に覆い被さった。

「あぁっ。しのぶちゃんっ。……好きっ」

「んっ、春花……んっ……んんっ……はぁっ」

どちらともなくキスをはじめる。

しのぶの白い背中がなまめかしい。

やはり、ボーイッシュ少女が上のほうが、レズっぽくていい感じだ。

弘樹はしのぶの腰をひっぱりあげてから、亀頭を膣口に押し当てる。

「あっ、あぁーっ、あぁあーっ」

ローターにさんざんほぐされた肉襞は、ちょっと亀頭を押しこんだだけで、ちゅるちゅるとまとわりついてきて、奥へ奥へと誘いこんでいく。

「うっ、うぅーっ」

(とろとろだ……)

吸いこまれていくみたいだった。

包みこまれる感じのないどこか青臭い膣襞だと思っていた。なのに、今日のしのぶはまったく違う。

細長い筒にこんにゃくうどんを詰めこんだみたいな肉襞が、みちみちっと肉茎に押し寄せる。

「あぁっ。オジサン、気持ちいいーっ」

しのぶがぶるぶるっと震え、腰をエロティックに揺らしながら、のびやかな声をあげた。

後背位はお尻の山が邪魔になるため結合が浅くなり、亀頭は子宮口まで届かない。だが、Gスポットが感じるしのぶを感じさせるには都合の良い体位だった。

弘樹にとっても、ツブツブの膣襞が亀頭に当たっていい感じだ。


「いいなぁ。しのぶちゃん……」

春花は、うらやましそうな声をあげた。

こうやって抱きあっていると、しのぶが感じている様子が、密着しているところから伝わってくる。

弘樹は、ペニスを挿入したままでじっとしている。

「しのぶちゃん。気持ちいいでしょ？」

快感にとろけていたしのぶの顔が、かぁっと羞恥にひきつった。

「やっ、やだっ、恥ずかしいっ」

ぐったりしていたしのぶの身体に力がみなぎり、四つん這いになろうとしてもがく。

「しのぶちゃん。逃げないでよ。くっつきたいの」

しのぶの脇の下を指でくすぐると、彼女の上半身がガクリと落ちた。おっぱいとおっぱい、クリトリスとクリトリスが当たっていい感じだ。

春花は、しのぶが陥没乳頭だったことを知らない。だが、このボーイッシュな親友は、乳首がとりわけ感じやすいらしいと気がついた。

春花はしのぶの下で、背中をもぞもぞさせて、腰と乳房を小刻みに揺すった。とくに、秘芽からくる快感がたまらない。腰がだるくなり、脳髄がとろけてしまいそうな快感だ。

「あっ、あぁーっ」

しのぶの顔がとろんとなって、ぶるぶるっと震えた。

「だめっ。ソコ、だめぇっ、ま、真ん中……感じすぎるぅっ」

「え？　しのぶちゃんは真ん中が感じるの？　私、奥が感じるよ」

「私は、奥とGスポットが……あぅっ、か、感じる……タイプだって」

春花は、子宮で感じる女の子で、膣の真ん中には快感のポイントはない。女子力という点ではしのぶのほうがずっと上だ。

ちょっとムッとなった春花は、甘い声でねだった。

「おじさま。私にも、入れてっ」

「やっ、やだぁっ、抜かないでぇっ」

しのぶの悲鳴がせつなく響き、親友の蜜液に濡れた男根が、春花の膣に押し入ってくる。

春花はより深いところで感じようとして、腰をクッとあげた。

クリトリスとクリトリスがうちあわされて、深い満足感が春花を満たす。

「わかった」

弘樹はうなり声をあげた。

「うぅっ、うーっ」

春花の膣襞は、真ん中が狭くなっていて、その部分にツブツブが集中している。

亀頭を押しこんでいくと、狭いところが肉茎を具合よくマッサージしてきて気持ちがいい。

「ああっ。おじさまっ。気持ちいいーっ。奥に、奥に、入れてぇーっ」

正常位での挿入なのだが、しのぶと重なりあっているため、子宮をゴリゴリ押しあげるほどの深さには挿入できない。

だが、女の子二人を重ねあわせての3Pは、おそろしく気持ちよかった。

春花がペニスを欲しがって腰を揺らすたび、真ん中の狭いところがきゅるきゅるとよじれる。

「春花、だ、だめ、そ、そんなにしちゃ……。クリが、あぁっ」

しのぶが甘い悲鳴をあげた。お互いの陰核がぶつかってたまらないらしい。

「春花としのぶちゃんって、仲良しだな」

「そうよ。私、しのぶちゃん、好きだもん」

「私も、春花が、好き……」

二人のために、双頭のバイブを買ってやろう。二人はきっと、むさぼるように愛しあうことだろう。

「おいおい、俺は、好き、じゃないのか？」

ようやく膣奥に届いた亀頭で、子宮口をグリッとえぐると、春花がびくびくっと震えた。

「好き……っ。だ、大好きっ。あぁっ。おじさまの全部が好きっ」

「私は、あっ、ああっ……オジサンの、チ×ポが、す、好きなだけよ」

弘樹は苦笑した。こんなときでさえ憎まれ口を叩くしのぶがかわいい。

しのぶと春花はまったく違う。

外見も、膣の形状も、感じる部分も、おっぱいの大きさもぜんぜん違う。

だが二人は、二人とも弘樹を愛し、弘樹の行為に蜜を流す。かわいくて愛しくてたまらない。

しのぶも春花も、両方を満足させてやりたかった。弘樹は春花の膣から肉茎を抜くと、しのぶの膣に挿入した。

「あっ、あーっ、……あぁあーっ!!」

しのぶは嬌声をあげた。

春花と弘樹に挟まれて、クリトリスと膣を同時に刺激される。二人の体温で身体が熱く、内から身体が火照っている。

とくに、膣の真ん中のＧスポットを、亀頭が押して離れるときの、ふわっと溶けるような気持ちよさがたまらない。

弘樹は二度ほど前後すると、またペニスを抜いた。

「あっ、あぁっ。おじさまっ。気持ちいいー」

春花の様子がはっきりと変わったことで、弘樹が春花の膣に挿入したとわかる。

抜かれると頼りない。脳裏でぱんと音が鳴り、クリスマスの電飾が点滅し、ガラス皿が割れるあの絶頂の感覚を楽しみたい。

抱きあっている部分から、春花の悶えようがはっきりと伝わってきてたまらない。クリトリスの刺激は、根からもげるのではないかと思うほどに感じすぎる。

「オジサンッ。私にも、私にも入れてっ！」

しのぶは悲鳴をあげた。空虚なところを埋めて欲しいという本能的な欲望に震えてしまう。

「うっ」

またペニスが膣襞にはまりこんできた。

うっとりするほど気持ちがいいが、弘樹はすぐに男根を抜き、春花の膣に入れるだろう。

(抜かれるなんて、いやっ)

弘樹のペニスは熱くて硬く、それでいて内に柔らかさを秘めていて、しのぶの膣になじんでいる。

ローターではありえない気持ちよさを持つこの男根を、もっと長く味わいたい。精液を春花ではなく私に入れて欲しい。

そう思った瞬間、子宮頸管粘液がドブリと出て、膣襞が狂ったように蠕動した。

「オジサン！　わ、私に、精液を、入れてっ」

しのぶは8の字筋に力を入れて膣襞を締め、ペニスを抜かせまいとした。

「うーっ、ううっ」

弘樹はうなり声をあげた。

しのぶの筒状の膣襞が、肉茎の周囲にからみついてきて、精液を吸い出そうとして蠕動する。

もう限界だった。射精するのがいかにも惜しく、前後に腰をスライドさせると、しのぶの腰が追いかけてきた。

抜かせまいとでもいうような、吸いつくような膣襞の感触に漏らしてしまいそうになる。

「おじさまっ。私よっ。私に入れてっ」

下になっている春花が悲鳴のような声をあげる。

「いやーっ。私よーっ。オジサン、入れてぇっ」

二人が競いあうようにして弘樹の精液をねだっている。３Ｐならではの、どきどきするような体験だ。

腰の奥で熱い溶岩がぐらぐらと煮えたぎり、もう射精寸前だと伝えてくる。早く精液をぶちまけたい。このやわらかく温かい膣の中で、子宮いっぱいに精液を注ぎたい。

弘樹は意志の力で腰を後退させた。膣襞がからみついてくるが、引き剝ぐようにして抜き、春花の膣に入れる。

「あーっ。おじさまぁーっ」

亀頭が熱い膣襞の感触を覚えた瞬間、いきなり射精がはじまった。

「あ、うれしいっ、熱い……、精液が、は、入って、くるぅっ」

子宮頚管粘液がドプリと出た。

精液を効率的に子宮に運ぶ役割をする子宮頚管粘液は、熱くて濃く、亀頭にどろっとまとわりついてくる。

浅い位置で与えられた精液を吸いあげようとしているのだろう。春花の膣が狂ったように蠕動している。

「イッちゃうぅーっ」

春花の膣は、狭くなった真ん中にツブツブが集中しているので、射精途中の亀頭がもみくちゃにされてたまらない。

「うーっ、くっ、くぅーっ」

弘樹は、うなり声をあげながら、精液を噴き出すペニスを抜き、しのぶの膣に挿入した。

優先順位は春花だが、しのぶも感じさせてやりたかった。

「あぁっ。オジサンッ！　ありがとっ。はっ、はぁっ、……イっちゃうぅっ」

しのぶの身体がガクンガクンと痙攣した。

それでも、春花に体重を掛けないようにしているのはさすがにスポーツ少女だった。

これが逆なら、下になった女の子が圧迫されていただろう。

弘樹は、精液の最後の一滴までしのぶの身体にぶちまけてからも、そのままでじっとしていた。

射精直後で敏感になっている肉茎に、膣襞のツブツブがからみついてきてたまらない。

しのぶの中は熱くたぎっているのに、お尻の表面がひんやりしているのが印象的だった。

「しのぶちゃんは、優しいな。すげぇ女の子らしい」

「え？」

「こんなときでも、春花に体重を掛けないようにしてるだろ」

弘樹の位置からでは、しのぶの表情は見えない。

だが、しのぶが、ごくっと喉を鳴らしたのはわかった。

春花がふっと目を開いた。

「そうよ。しのぶちゃんは、女子力が高いのよ」

「なるほど女子力か」

「おじさんは男子力……じゃなくて、男性力が高いけどね」

女子高生二人との3Pなんて変態的なセックスなのに、退廃的な気分はカケラもない。明るく楽しい行為のようで身体の奥から活力が湧いてくる。

なんでもできそうな気分になる。

弘樹はそっと男根を抜き、彼女たちの横に仰向けになった。

しのぶも春花の上からどいた。

「シャワー、するね」

しのぶはのろのろと立ちあがると、服を抱えてシャワーに向かう。だるそうな足取りだ。太腿の内側を、白い精液が伝い落ちていく様子が見えた。

「私はこのままでいいわ。せっかくおじさまの精液を頂いたのよ。シャワー浴びるなんてもったいないわ」

しのぶを家に帰してやらなくてはならないから、今日はもう終わりだ。

「また三人で逢おうぜ。双頭のバイブを買っておくよ」

「そうね。私は、メイド服と犬の首輪を用意するわ」

「あははっ」

春花の爆弾発言に笑い出す。

「私をおじさまのメイドにさせて。しのぶちゃんはおじさまのペットなの」

「ああ、だけど……」

春花は弘樹のメイド。しのぶは弘樹のペット。

「だけど？」

「二人とも、俺の大事な恋人だ」

春花が幸せそうに笑った。

第6章　二人とも、大好きだよ

「お帰りなさいませ。ご主人様」

メイド喫茶特有の挨拶《あいさつ》に迎えられて入口をくぐると、テーブルについている春花としのぶが、おでこをくっつけあわせるようにして、雑談をしている最中だった。

ボーイッシュなしのぶと少女めいた春花が見つめあう様子は、宝塚のようであやしげだ。二人はとても仲が良い。弘樹が入ったことで友情がいっそう深まったようだった。

メイド服のウエイトレスも、アキバ系な客達も、ちらちらと二人を見ている。

「あっ。おじさまっ。私はここよっ」

春花が立ちあがり、弘樹に手を振った。うれしくてならないとばかりに笑み崩れる。

しのぶが表情をほころばせたのが見てとれた。

ウエイトレスと客達が、弘樹と春花、それにしのぶを不思議そうに見比べている。春花の視線は、恋人に向けるそれだったから、三人の関係をいぶかしがっているのだろう。

弘樹はどこか得意な気分で美少女たちに話しかけた。

「早いね」

「ふん。春花と話したかったから、先に来ていただけよ。オジサンを待っていたわけじゃないわ」

「もう、しのぶちゃんったら……。ふふっ。おじさま、しのぶちゃん、おじさまが来るの、そわそわしながら待っていたのよ」

「何になさいますか？　ご主人様？」

メイドがオーダー表を片手ににっこりした。

「ごめん。すぐに出るよ。待ちあわせしていただけなんだ」

「かしこまりました」

「待って。おじさま。これだけ食べておくね」

春花があわててスコーンの残りを口に入れ、しのぶが紅茶を飲み干して立ちあがる。

二人の伝票を持って立ちあがり、会計をすませる。

「ありがとう。おじさま。ごちそうさまでした」

「ふん。オジサンの支払いなら、もっと高いものを食べればよかったな」

「もう、しのぶちゃんったら。アフタヌーンティーの時間は、紅茶とスコーンのセットしかないじゃない？」

弘樹にまとわりつきながら笑顔を向ける春花のあとを、仏頂面のしのぶが少し遅れて歩いていく。

怒っているような表情だが、これはしのぶの照れ隠しにすぎない。ほんとうは、デートに胸を弾ませている。

「おじさま、今日は機嫌がいいのね。顔が輝いているわ」

弘樹は、春花の鋭さに舌を巻いた。

昨日、社長に呼ばれ、社員にならないかと誘われた。願ってもない話だった。若いときならまだしも、四十代で非正規社員を続けていくことに不安を覚えていた。

契約社員から正社員に変わると給料が減るかわり、福利厚生が充実する。なによりも安心感が違う。もちろん、二つ返事で承諾した。

会社側としても、新入社員を採用して教育するより、契約社員を正社員にするほうが、効率的なのかもしれなかった。

（この子たちが幸運を連れてきてくれたのかな？）

「君たちに逢えたからだよ」

「ふん」

しのぶがぷいとそっぽを向き、春花がくすくすと笑う。

「もう、おじさまったら。そんなこと言われると喜んじゃう」

社員への登用に喜ぶ弘樹に、社長は言った。

『君って、昔はもっとぎらぎらしていたけど、肩の力が抜けていい感じになってきたね。今の君なら仲間として迎えることができるよ。チームプレイができそうだ』

肩の力が抜けたのは、二人が弘樹に自信をくれたせい。自分を無条件に受け入れてくれる異性の存在が、弘樹に力をくれた。

自分はすごいと思えると、肩肘張らずにいられる。周囲に自分を認めさせようとしなくてすむ。

正社員への登用は、この子たちのおかげだ。

「どこへ行くの？　おじさま」

「いつものところ。グッズ類も買ったんだ」

弘樹は片手に提げている紙袋を目の高さに持ちあげ、軽く振った。

中身は、レズビアン用の双頭のディルドと、しっぽのついたアナルビーズだ。

「グッズ？　何かしら？　楽しみね」

「もちろんよ！……しのぶちゃん。早く早く。いつものところですって」

「春花は用意してきた？」

春花が立ち止まり、くるっと振り返った。スカートの裾が円を描く。そして、遅れがちなしのぶを手招きする。

しのぶは今日はミニスカートだ。フリルいっぱいの服を好む春花と、スッキリした服を好むしのぶ。両方ともが弘樹の恋人だ。

三人で歩いていると、ラブホテルに向かう道さえも、うきうきと楽しく、光り輝いて見える。

周囲の視線が、弘樹に集まるのも心地が良い。

＊

「わーっ。素敵な部屋。くつろげそうね」

ラブホテルに入ると、まず探検して楽しむのが、春花の習慣だ。無邪気な好奇心を露わにしてあちこちの扉を開けて回る彼女は、とてもかわいい。

しのぶは怖そうに横顔をこわばらせてそっぽを向いている。

こきざみに震えているところが、いじめてやりたい魅力を醸し出す。

弘樹は、紙袋の中からローターとリモコン、それに双頭のディルドを取りだした。

レズビアン用のディルドは、シリコン樹脂でできた張り形で、真ん中が折り曲げられるようになっている。バイブのように振動したりはしない。バイブにしようかと思っていたが、レズプレイのほうが気持ちいいと言われたら嫌なので、ディルドにした。

レズビアンが抱きあい、クリトリスと乳首をくっつけあわせて楽しみながら、ディルドで楽しむことができるようになっている。

春花が探検から戻ってきた。

「わっ。これがレズ用のディルドなのね。素敵ね。しのぶちゃんをいっぱい感じさせてあげられそうだわ」

「おいおい。春花は俺のものだろ。しのぶちゃんとあんまり仲良くしないでくれよな」

二人ともが好きだが、誉めるのは春花が先だ。

春花はおとなしい外見とは違い、気が強いので、まず春花を持ちあげなくてはならない。

「うふふっ。わかったわ。おじさま。……お風呂、金魚鉢みたいよ。まん丸で透明なの。部屋は普通っぽくって上品なのに、こういうところはやっぱりラブホテルよね」

「お風呂よりも、まずキスだ」

「そうね。おじさま。でも、先に着替えていい？」

「もちろん」

春花が紙袋を抱いてトイレに行き、メイド服に着替えて戻ってきた。

裾丈が長い黒いワンピースに白いエプロン、髪にはひらひらのついた白いカチューシャを飾ってある。

メイド服はシンプルで、機能美さえ感じられるのだが、むしろそのシンプルさが春花の魅力を引き立てている。

さっきのメイド喫茶のウエイトレスより、ずっと似合っていてかわいい。

「その服、どうしたんだ？　手作りしたのか」

「残念ながらネット通販なの。私は手を加えただけ。私はお洋服が好きだけど、イメージしている通りの服を作れるスキルはまだないわね。服を作るのは、大学に入ってから本格的にすることにするわ」

「そうか。それはいいことだ。でも、親御さん、反対しなかったか」

「うーん、反対っていうか……。大学は行きなさいって言われたわ。大学よって言うと、そうね、って」

「なるほど」

「ふふっ。おじさま。フェラチオしてあげるわ」

しのぶが、あっと声をあげ、何か言いかけてやめた。

私もしたいと言いたいのだろう。

しのぶの性格では、自分からフェラチオしたいとは言えないはずだ。

「どうしたの？　しのぶちゃん」

「な、なんでもないわっ！」

「あらそう。じゃあ、私だけ、先におじさまのオチ×ポを、味わわせてもらうわね」

春花は弘樹の足下に膝をつくと、ズボンのファスナーを下ろした。社会の窓に手を入れてペニスを取りだし、先端をしゃぶりはじめる。

しのぶがそわそわしはじめた。

「しのぶちゃんがしないんだったら、私だけおじさまの精液を頂いちゃうわ」

しのぶがふぅーっと息をついた。ほんとうは、しのぶも欲しくて欲しくてならないのだ。

「おいしくないだろ？」

「あら、おいしいわよ。おじさまのものは何でも好きよ。ふふっ。おじさまに気持ちよくって頂けるのが私の幸せなのよ。だって私はおじさまのメイドだもの。ご奉仕させて頂きます。ご主人様」

芝居めいた口調がくすぐったい。

ちゅっぱあっと舌が鳴り、春花がペニスをくわえた。

「ああ、おいしい……。ねちゅっ、なんてたくましいの……。ちゅ、ちゅぱっ、ご主人様、大好き……」

春花はわざとらしくべちゃべちゃと舌を鳴らしながらフェラチオをしている。しのぶがそわそわしているのがおもしろい。

「しのぶちゃんは参加しないの？」

「し、しないわっ」

声が裏返っていた。顔が真っ赤に染まり、太腿をすりあわせて腰を揺らしている。

「ふふっ。しのぶちゃんはペットなんだから、ご主人様に吼《ほ》えたりしちゃだめですよー」

口の周りを涎まみれにした春花が、メイドカチューシャをひらひらさせながらしのぶににじり寄った。紙袋に手を入れ、じゃらっと不穏な音を立てながら、首輪を取り出す。

「はいっ。これ、しのぶちゃんの衣装ね」

犬の首輪に引き鎖がついている。

しのぶは顔をこわばらせると、怖そうにあとずさる。

「ああ、だめよ。しのぶちゃんは犬なんだから、服なんか着てちゃ。さっぱり脱いで、首輪だけになりましょう」

メイド服の春花がしのぶのカットソーとミニスカートを脱がしていく。

「い、いや……いや……こんな……、いやぁあぁーっ」

あっという間にショーツまでも引き下ろされて全裸にされ、首輪をつけられてしまう。

春花の買ってきた首輪は鋲《びょう》打ちをしたごついもので、しのぶの首がいっそう細く見えてしまう。

泣きじゃくるしのぶはエロティックだった。

プチMなしのぶは、首輪をつけられただけでエッチな気分になるらしい。レアチーズケーキの甘い香りが漂っている。秘部はもうぐしょぐしょに濡れているのに違いない。

「グッズを持ってきたんだ。しのぶちゃんを、もっとかわいくさせるものさ」

弘樹は、アナルビーズにしっぽがついたアダルトグッズを取りだした。

「わっ。何これっ。犬のしっぽみたいね」

「アナルビーズっていうんだ。この丸いのを、尻の穴に入れるんだ」

「ええーっ。これをお尻の穴に入れちゃうのーっ。今日はしのぶちゃんのお尻の穴を開発するのね!?」

「そうだ。根元まで入れてしまうと、しっぽみたいでかわいいだろう？」

「い、いやっ。……あ、あっ……、こ、怖い、わ……」

しのぶが甘い悲鳴をあげて腰を悶えさせた。

太腿の内側を蜜液が滑っていく様子が見える。

「だめ。しのぶちゃんはペットでしょ？　いやなんて言っちゃだめよ。飼い主の言うことを聞かなくてはいけないわ」

春花は鎖をぐいっと引いた。首が絞まったのだろう。しのぶがげほっと咳きこんだ。

しのぶはおどおどと視線を揺らすと、自分から四つん這いになった。

お尻の穴が弘樹のほうを向く。

「じゃあ、入れるよ」

しのぶのお尻の穴に、先端のボールをねじこむ。一センチほどの小ささなので、つるんとお尻の穴に沈んだ。

「わーっ。すごいすごい。入ったわねー。ねえ。おじさま。私がしたいわ。私にさせて」

「いいよ。まかせる」

しのぶをいじめるのは自分の手でしたかったが、弘樹はゆったりと構えることにした。

弘樹のメイドを名乗る春花が、弘樹に代わって調教するのは、自然の成り行きとも言える。

「このボールって、だんだん大きくなるのね」

アナルビーズの先端のボールは直径一センチだが、次は二センチ、その次は三センチと順繰りに大きくなり、根元のボールは実に四センチの直径がある。

「い、いや、そんな、そんな、無理よ……っ！」

はじめの二つまでは簡単に入ったが、三つ目を入れようとしたとき、しのぶは激しくお尻を振った。

うなり声をあげながら春花ががんばったのだが、いちばん太いところがなかなか奥に入らない。

「春花、しのぶちゃんのクリをいじってあげてくれ」

「ええ。わかったわ。おじさま」

春花はしのぶの横に逆向きに仰向けになると、背中で這って彼女の身体の下に上半身をねじこませた。

「ふふっ。こうして見ると、しのぶちゃんのアソコが丸見えね。しのぶちゃんのクリトリスってほんとうに大きいわね。やっぱりしのぶちゃんは女子力が高いのよ」

「きゃあっ」

春花の両手が下から伸びて、お尻の山を左右に開くようにしてつかんだ。そして、後頭部を浮かせると、秘芽にちゅるっと吸いついた。

「あっ、あっあああーっ」

しのぶは秘芽を襲う、ぬめっと熱い舌の感触に悲鳴をあげた。

「そんな、そんなぁーっ」

大好きなオジサンにお尻の穴をいじめられながら、愛する春花にクリトリスを舐められる。恥ずかしくて気持ちがよくて、腰がとろけてしまいそうになる。身体の奥から甘い歓喜が湧いてくる。水を含んだ砂糖菓子のように、ぐずぐずに溶けて崩れてしまいそうだ。

(ああ、どうしよう。何て気持ちがいいの)

しのぶは四つん這いのお尻をふりふり振った。アナルビーズから伸びているしっぽが左右にゆれる。

「しのぶちゃん。みっつめ、入れるから、あまりお尻を揺すらないで」

「あっ。ごめんなさい」

「ごめんじゃないでしょ。しのぶちゃんはペットなんだから、わんって言おうよ」

「そ、そんなの、いや……」

「春花、それは失礼だ。しのぶちゃん、そんなことは言わなくていいからな」

「ごめんなさい。おじさま」

春花がたとえ暴走しても、弘樹がちゃんと止めてくれる。その信頼は安心につながり、緊張がふわりとほどけた。その瞬間、お尻の穴にぬぷっと音を立てて、直径三センチのビーズがめりこんだ。

「うーっ」

出すことしか知らない器官に、異物が入りこんでくる感触に顔をしかめる。

「しのぶちゃん、あとひとつだからね」

「ふん。……知らない。さっさとやっちゃってよ」

「もうしのぶちゃんったらぁっ。……悪いペットにはおしおきしなきゃいけないわね」

「おしおきなんて許さない」

「そうね。ペットをおしおきしていいのは、飼い主であるおじさまだけね」

しのぶははぁっと甘い息をついた。

弘樹にいじめられるなんて、想像するだけでゾクゾクする。春花の態度からはギラッとしたところがほの見えて、怖くなってしまうときがあるのだが、オジサンなら怖くない。

(だって、オジサンは私がほんとうに嫌がることはしないもの)

信頼の甘さが、しのぶをとろけさせていく。

「四つ目」

ぬるっと直径四センチのボールが入った。三つ目まではなんとか我慢できたのに、四つ目のボールは圧倒的だった。お尻の穴が割れそうなほど大きく開き、冷たいボールが奥に沈む。お尻の内側がふくらんだ気がした。排泄欲求に襲われる。

「うーっ」

しのぶはうめき声をあげ、ぶるぶるっと身体を震わせた。

(うわ。ほんとにしっぽみたいだ)

弘樹は、しのぶのお尻に見とれた。しのぶが悶えるたびに、犬のしっぽが前後左右にふりふり揺れる。

やはり直径四センチものアナルビーズはしのぶには苦しかったようで、床をガリガリ引っ掻いて煩悶している。

「い、いや……く、苦しい……っ」

眉根を寄せて、ぶるっ、ぶるっと震えながら悶える様子がエロティックだ。

「春花、クリを吸ってやってくれ。それからローターも入れてあげてくれるかい？」

「あらすてき。クリップも追加してもいいかしら？」

「クリップ？」

「ふふっ。これよ。ラビアにつけるの」

春花は、にこにこと無邪気に笑いながら、カバンを探り、小さなダブルクリップを二つ取りだした。

「それ貸して」

試しに耳たぶに挟んでみるが、痺れるだけで、それほど痛くない。ラビアの痛覚は耳たぶと同じ程度とどこかで聞いたことがある。これなら大丈夫だろう。

「しのぶちゃん。耳たぶにつけてみたんだけど、痺れるだけだから。これ、つけてもいいかな？」

「好きにしなさいよ」

しのぶの背中に、ぶるぶるるっと戦慄が走った。

いじめられる想像に、いい気持ちになっているのだ。

「ローター入れて、お尻にビーズ入れて、ラビアにクリップだと、感じすぎて死んじゃうかもね？」

「うぅっ」

四つん這いで背筋を震わせ、お尻のしっぽを振っているしのぶがかわいい。

「オジサンに、つけて欲しい」

しのぶらしくもない素直な言葉にぞくっとくる。

弘樹は、しのぶの股のあいだに手を入れて、スリットの中で縮み上がっている小さなラビアを引っ張り出した。

クリップを挟む。

「あぁあああぁーっ」

「ご、ごめん」

あわててクリップを外すが、しのぶがとろんとした瞳で弘樹を見つめた。

「挟んで欲しいの。ローターも、オジサンが入れて」

「もう、いやだなぁ。しのぶちゃんとおじさまって、ラブラブなんだもの。私の相手もして欲しいわ」

春花は唇を尖らせた。

クリップとローターで、おじさまに快感を与えられるしのぶがねたましい。

ラビアにクリップ、膣にローター、お尻にアナルビーズを装着されて、苦痛と快感に泣きじゃくる友人は女っぽく、おじさまを取られそうで不安になる。もうクリ舐めはやめだ。友達をいい気持ちにさせるより、おじさまに気持ちよくなってもらいたい。

「おじさま。フェラチオの続きをさせてくださる？」

「ああ、いいよ」

フェラチオで精液を呑ませて頂いても、友達には勝てない。

おじさまの精液は、お口ではなく子宮に欲しい。

「そうね。フェラはやっぱりやめるね。寝てくださる？　おじさまは何もしなくてもいいの。私がおじさまを感じさせてあげるわ」

「ああ、わかった」

仰向けになったおじさまに、メイド服の裾をめくりあげてまたがる。すでにショーツは脱いでいるし、秘部はぐちゅぐちゅに濡れてとうに準備が整っている。

「ノーパンだったんだ？」

「ふふっ。さっき着替えたときに脱いでおいたの」

「この姿勢だと、春花の全部が見えていいな」

「いやだわ。恥ずかしい」

春花は、かぁっと顔を赤くさせた。しのぶに張りあうあまり、羞恥がどこかに行ってしまったが、おじさまにまたがって腰を下ろすこの姿勢は、まるで秘部の内側を見せつけているみたいだ。

弘樹が肉茎を自分で持って、右に曲がる男根を固定してくれた。

春花は自分の指先でラビアごと秘唇を開き、位置をあわせて腰を下ろす。

「あっ、あぁぁあぁーっ」

春花はぶるぶるっと震えながら、甘い声をあげた。

みっしりとあわさった襞々に、熱くて硬い男根がはまりこんでいく。肉の楔《くさび》に貫かれる感触は、ただひたすら心地良い。

やがて男根は、子宮口を押しあげて止まった。

「あっ、あっ、だめっ、だめぇえーっ」

膣奥が感じる春花にとって、騎乗位はたまらない姿勢だった。

「うっ、うぅっ」

弘樹はうなり声をあげた。

春花がメイドワンピースの胸に右手を当て、自分の手で胸を揉みはじめたからだ。しかも、左手は秘芽に指を当てて圧迫している。

「あっ、はっ、はぁあっ、おじさまっ、おじさまぁーっ」

ストイックな服装を着ているからよけいに、黒いスカートから覗く太腿の白さが強調されてたまらない。

膣襞がちゅるちゅるとからみついてくる。

(あれ？)

真ん中が狭い膣襞が、入口から奥へと蠕動している。

「感触、変わった？　前よりも、締まる、みたいな……？」

「あ、よかった!!　努力したかいがあったわっ」

「え？　ど、努力？」

「オナニーしながら、どうやったら締まるか、研究したの。私の身体で、おじさまに気持ちよくなって欲しいのよ」

「そ、そんなことを？」

「だって私はおじさまのメイドだもの！　うぅーっ、あ、あの、ね。クリと乳首を、同時に押すと、膣がニチュッて縮むのよ。あっ、くっ、くぅっ……わ、私、んっ、ゆ、指を、入れて、確かめたの……んんんっ」

弘樹のために研究をした、という春花はかわいくて、抱きしめたくなってしまった。

「す……」

好きだよと言いかけたとき、じゃらっと鎖のきしむ音がした。

「あっ、ふぅ、……んっ、んんっ……あぁーっ」

しのぶの嬌声が弘樹の耳朶《じだ》を打った。はっと見ると、四つん這いのしのぶがラビアクリップとアナルビーズに煩悶し、白い肌を脂汗だらけにして悶えている。

四つん這いの背中がセクシーにくねり、首が上下し、しっぽが激しく動く。ぶるぶるっと震える腕が、彼女の快感と苦痛の激しさを表していた。

(そうだった。春花を抱きしめるなら、しのぶちゃんだって感じさせてやらないと)

しのぶに悪い気がして、春花を抱きしめるのは自重する。

「もう、しのぶちゃん、うるさいわねぇっ。今は、おじさまは私のものよ。しのぶちゃんは、これでも味わってなさいねっ」

春花の細い指が、リモコンのスイッチを入れた。

しのぶは、身体の中心をゆさぶるローターに悲鳴をあげた。

「あぁーっ!!」

クリップでラビアが引き延ばされ、お腹の中から何かが引っ張り出されていく感じと、お尻の穴を襲う便意にも似た圧迫感、子宮が内から揺すられて発生するキュンキュンくる甘い疼き。

それら全てが混ざりあい、竜巻のようにぐるぐると回転しながら、しのぶの目をくらませる。

目の前で火花が散った。

激しい振動に揺さぶられた子宮が見せる幻だ。

しのぶは四つん這いのままで、ガクンガクンと痙攣した。

もうあと十秒もこれが続くと絶頂だという寸前で、ローターの振動がいきなり止まった。

手足から力が抜け、口の端から涎がこぼれる。

もう四つん這いの姿勢を取ることさえできない。

ローターが自然落下した。しのぶはその場にへたりこんだ。

「しのぶちゃん。だめよ。起きなさい。しのぶちゃんはペットでしょ？」

春花が鎖をぐいぐい引くが、もうどうでもいい。身体がだるくて動かない。中途半端なところで中断されたせいか、身体がからからに乾いていた。

しのぶは、自分の手でクリップを外した。身体がふわっと軽くなった。クリップなんて小さなものに、ひどい重みを感じていた。

「はっ、はぁはぁっ、はぁーっ」

その場に横向きに寝転がり、荒い息をつく。

「あっ。だめよ。しのぶちゃん」

「しのぶちゃん。大丈夫か。次はしのぶちゃんを愛してあげるからな」

弘樹の甘い言葉が胸の奥に染みていく。

痺れあがって感覚がなくなったラビアが痒くなってきた。クリップに阻害されていた血流が急に戻ったせいで、じんじんしているのだ。

「い、いや……っ。アソコ、痒いの……はっ、はぁっ、オジサン、なんとか、して……っ」

しのぶは悶えた。手が股間に伸びる。このままだと、自分で秘部をいじってしまう。

弘樹はあわてた。

「しのぶちゃんっ。大丈夫か？」

しのぶの悶えようが激しくて、早くなんとかしてあげたいと思うものの、春花の膣襞がペニスに吸いついてくる。

春花は、根元まで肉茎を呑んだままでじっとしている。

膣襞は、さっきのように激しくうごめかず、やわやわとまとわりついてくる。

「おじさま、私を見てよ」

「春花……。ごめん」

「ゆっくり楽しみましょう」

春花がしのぶをちらっと見て、勝ち誇った表情を浮かべた。

「俺は春花に、いっぱい精液をあげたいんだ」

春花の手首をつかんで引き、倒れてきた上半身を抱きしめながら、巻きこむようにして転がった。

「きゃあっ」

春花が下、弘樹が上の正常位になる。このほうが弘樹のペースで進めやすい。それに、子宮で感じる春花には、たまらない体位のはずだ。

弘樹の腕の下で、せつない瞳で自分を見上げている春花は、たまらなくかわいかった。

「愛している」

春花にだけ聞こえるように小さな声でささやいて、大きなスライドで腰を前後させていく。

「あーっ、あぁっ、おじさまっ、おじさまぁーっ」

「オジサン、ああ、は、早く、なんとか、してぇーっ」

春花としのぶの悲鳴が交錯する。

しのぶはもう、自分で秘部をかき混ぜて悶えている。春花に甘い言葉をささやいても耳に入らないことだろう。

春花が早く感じてくれるよう、下腹部で秘芽を擦りあげるようにして律動する。こうすると奥とクリトリスが同時に抉られて気持ちがいいようだ。淫蕩《いんとう》にとろける春花の表情がかわいらしい。

「だめぇっ、ちかちかするぅっ、あぁぁぁーっ」

春花はもう、イク寸前だ。弘樹はいっそう大きく腰をスライドさせた。

「いやぁっ、ヘンになるぅっ」

春花はビクンビクンと震えた。

亀頭が膣奥にぶつかるとき、子宮が身体ごと押しあげられて、きゅんきゅんしている子宮の疼きが鋭い快感となって背筋を伝いあがる。

脳髄でぱんっと何かがはじけ、原色の火花を散らす。

「うーっ、春花っ。春花っ」

「お、おじさまっ。……わ、私は、おじさまの、メイドよぉっ」

「違う、春花は、恋人だ」

そのとたん、シェイクされ続けた脳裏で、パーンと音を立てて何かが弾けた。爆風が下から吹きあげて、空に向かって飛ばされていく。

「イキそうよぉーっ！」

春花はガクンガクンと震えた。

熱い精液が膣奥でしぶいている。

子宮の内側に精液が染みていく快感は、圧倒的なほどに甘美だった。

（しのぶちゃん。私はおじさまの恋人よ。でも、しのぶちゃんの前では、メイドだってことにするわね。私、しのぶちゃんも好きだから。でも、おじさまにいちばん大事にされているのは私なの）

春花は、より深い絶頂を味わおうとして、膣襞を必死でうごめかした。女の本能が、精液を子宮に納めようとして、肉襞を激しく蠕動させている。

子宮いっぱいに精液が吸引された瞬間、大波のようにやってきた激しい絶頂が、春花の意識をさらった。

春花はさらに深く男根を子宮で感じようとして、ぐぐっと腰をあげ、ブリッジの姿勢で硬直した。

目の裏が銀色に光り、やがて全てが白く塗りつぶされ、何が何だかわからなくなった。

「うーっ」

意識が飛んでいるにもかかわらず、弘樹の男根が精液を吐きだしている様子がわかる。

腰がぱすんと落ち、男根が抜けた。

意識が戻ってきた。愛情と精液をたっぷり与えられた春花は、水をもらった花のように満足そうな笑みを浮かべた。

「しのぶちゃん、もう大丈夫だからね」

弘樹は床に横向きに転がって煩悶するしのぶに声を掛けた。

「オジサン……な、なんとか……して……」

しのぶは片手で乳房をいじり、もう片方の手を股間に伸ばしている。

ねちゅねちゅという蜜音が絶え間なく響き、彼女がオナニーに耽《ふけ》っている様子がはっきりわかる。

お尻の穴から出ているしっぽがふりふりと揺れていた。それを持ち、ぐっと引っぱる。

「うーっ」

しのぶがうめき声をあげた。

直径四センチのボールは、さすがに苦しいらしかった。

「はぁっ、はぁはぁっ」

「あと三つ」

いちばん大きいボールが出ると、あとはすぐだった。

ぬるっ、ぬるっと出てくる。

最後の一個が出たあと、しのぶははぁーっと甘いため息をついた。

「オジサン、アソコが……ラビアが、クリが……、あぁ、奥に、奥に、入れてぇっ」

うわごとのようなおねだりに顔がほころぶ。

ノーマルセックスで、しのぶの膣を味わうのも楽しいが、今日はためしてみたいことがある。

弘樹は、鯉《こい》の口のように、ぱかっと開いたお尻の穴を見つめながら言った。美少女の尻の穴は、濃いピンク色で綺麗だった。

「アナルセックスしたいんだ」

「アナル、セックス……？　い、いやっ、いやぁあっ」

しのぶは立ちあがろうとしたが、膝が立たないらしく、よろよろしている。

「ふふっ、逃げちゃだめよ。しのぶちゃん。前には私が入れてあげるから」

「そんな……そんな……」

しのぶの声が震えている。

春花は、メイド服をめくりあげた股間から、ペニスを生やしていた。

レズビアン用の双頭のディルドを挿入し、ジョイント部を折り曲げて屹立させているのである。

少女めいた美貌の春花が、瞳をきらめかせながら、股間から男根をそそり立たせている様子は、あやしい魅力があった。

「い、いやーっ」

しのぶは悲鳴をあげた。つもりだったが、ささやくような小さな声しか出てこない。

大好きな友人とつながりあう。どれほど気持ちがいいだろう。そう思う一方で、春花に責められるのは少し怖い。

しかも、弘樹はアナルセックスをしたいと言っている。アナルビーズがあれほどに苦しかったのに、絶対無理だ。

「ど、同時にする、つもり？」

「同時にはしないわよ」

春花はころころと笑った。春花は好きだが、暴走しそうで怖い。オジサンのいるところでないと、春花とはセックスできない。

「大丈夫だよ。春花にはキツイことはさせないから」

「そうよ。私はおじさまのメイドだもの。おじさまの命令以上のことはしないわ」

しのぶは、安堵のため息をついた。

「しのぶちゃん。四つん這いになって、こちらにお尻を向けるんだ」

しのぶは言われるままに四つん這いになった。

長時間にわたる拡張訓練で、ぽっかりと開いたお尻の穴が、ゆっくり収縮していることを、しのぶは知らない。

（無理よ。オジサンのオチ×チンは大きいもの、あんなに狭い穴に入るわけない）

だが、オジサンの手が腰の脇をつかみ、亀頭が当たったと思う間もなく、熱くて太いものが、むりむりっとめりこんでいった。

「い、いやっ、苦しいっ、だめぇっ」

痛くはなかった。だが、圧迫感と膨張感で、身体が割れるのではないかと思うほどの衝撃が襲う。

「こ、壊れる……割れる……、やめて、やめてぇーっ」

太さそのものは、ボールのほうが大きかったが、ペニスはありえないほどの深さに入っていく。膣でするとき、後背位での結合は浅くなるのに、アナルセックスは違うらしかった。

やがて、尾骨を押しあげて侵入が止まった。

「い、いやぁっ、やめてぇ。出そうっ」

自分の身体に起こっていることが信じられない。おぞましさに震えあがる。亀頭が尾骨を内側から押しあげた瞬間、急激にふくらんだ便意もおそろしい。

「うっ、うぅっー、うーっ」

弘樹はうなり声をあげた。

はじめてためしたアナルセックスは、とにかく熱くて狭かった。すべすべの腸壁の感触は、まるでゴムに包まれているようだ。肛門括約筋の力を借りた直腸粘膜が、ペニスに痛みを覚えるほどにきつく締まる。

（ふうん。こんなもんか。もっと気持ちいいんだと思っていたのに）

アナルセックスは、ノーマルセックスに比べると感触は単調だ。きつく締まるものの、膣襞のツブツブした複雑さはないし、これならいっそフェラチオやパイズリのほうがいい。しのぶは嫌がるばかりだし、背中しか見えないのもつまらない。

しのぶをイジリ回すのが楽しいのは、彼女が感じてくれるからであって、いじめるつもりは弘樹にはなかった。

「いやーっ、出ちゃうっ、いやぁああっ」

しのぶは排泄欲求と戦っているらしい。出すことしかしらない器官に、男根を入れているのだから無理もない。

「しのぶちゃん。苦しそう。私、アソコを舐めてあげる」

春花がしのぶの腕の下に、背中をねじこませてきた。太腿に両手をからめて頭部をあげ、秘部にちゅっとキスをする。

「いやぁあーっ。春花ー。やめて。……ヘンになっちゃうっ」

「だって、ラビアがでろんってなってるからかわいそう。私、吸ってあげるねっ」

「あぁああーっ」

しのぶの身体がびくびくっと震え、直腸粘膜がきゅるっと締まった。

弘樹の位置からでは、秘部を舐める春花の様子は見えないが、春花のクンニリングスにしのぶが感じていることが、間接的に伝わってくる。

仰向けになっている春花の股間から、双頭のディルドがそそり立っている。異形の下半身は、どきどきするような魅力があった。

自分でディルドを持って秘部をかき混ぜたのだろうか。ぱっくり割れた大陰唇はぬれぬれと光っていて、今も蜜をじわじわとこぼしていた。

弘樹はペニスを抜こうとした。

「あっ？　ああぁああっ！　き、気持ちいいぃーっ」

しのぶは甘い悲鳴をあげ、身体をぶるぶるっと震えさせた。

これはいったい何だろう。さっきまで、膨張感と圧迫感、それに駆け下る便意で身体が割れそうだった。

春花がラビアを交互に吸いはじめて、苦痛はややまぎれたものの、気持ちよさは皆無だったのに、弘樹がペニスを後退させた瞬間、まったく違うものへと変化した。

それは、おトイレで用を足したあとのホッとする解放感を、何倍にも強化したような気持ちよさだった。

「気持ちいい？　ほ、ほんとに？」

「しのぶちゃん、それ、嘘でしょ。さっきまで、あんなにいやがっていたのに」

弘樹と春花が、不思議そうに聞いてくる。

「気持ち、いいのよぉっ！」

しのぶはぶるっ、ぶるっと震えた。

それは、排泄の気持ちよさに似ていた。Ｇスポットや子宮の快感よりもわかりやすい快感だ。単純だからこそ強烈に、しのぶを内から揺さぶってくる。

しのぶが激しく悶えるために、下になっている春花が顔をしかめて這い出した。

「どうする？　やめるか？」

「やめちゃだめぇっ!!」

今やめられるとおかしくなる。麻薬患者のように、弘樹のペニスを求めてしまう。

「続けてっ。続けてぇっ!!　オチ×チンを入れてぇっ」

「どこに入れて欲しいの？」

「アソコにっ！　お尻にっ、精液を、精液をちょうだいっ」

「そう？　しのぶちゃん。オチ×チンが欲しいのね。入れてあげるわ」

春花の声が、アナルセックスの快感にとろけた脳味噌に染みてくる。

さっきまで秘部を舐めていた春花が、しのぶの顔を覗きこんできたことも怖い。背中を起点に仰向けになったままで回転し、秘部の位置をあわせてきた。

「え？　い、入れ？……ど、どういう、意味？」

「こういう意味よ」

しのぶの膣に、春花から生えた双頭のディルドがめりこんできた。

「うわ、は、春花……っ。や、やめろ」

弘樹はあわてた。

「春花、だめぇっ、く、苦しいぃ」

「だめじゃないわ。しのぶちゃんの身体は気持ちがいいって言っているわよ。ほら。少し突き入れただけなのに、まるで吸いこんでいくみたい」

「うーっ、うぅうーっ」

いくらなんでも無茶だろうと思うのに、ペニスが後退した体積分、擬似陽根が奥へと入りこんでいく。レズ用のディルドで、サイズはわりとこぶりだが、しのぶが壊れないかとどきどきする。

「しのぶちゃん、好きよ」

「春花、好き。大好き」

二人はそのまま抱きあうと、キスをはじめた。

緊張でこわばっていたお尻の穴から緊張がほどけ、亀頭に苦痛を覚えていたほどの直腸粘膜の収縮が、ふんわりとほころんだ。

「ああっ。春花、気持ちがいいよ……」

「しのぶちゃんのアソコ、ぐにゅぐにゅしてるの、わかるわ」

「あうっ、春花、クリ、くっつけないでぇっ」

ペニスを抜こうとしていたのに、二人の仲の良い様子を見て気が変わった。参加したくなったのだ。

「奥に、入れて、いいか」

「いやよ」

しのぶが言った。

「いいわ」

春花が言った。

「ふふっ」

「あははっ」

二人は顔を見合わせて笑っている。甘い空気が漂った。

「俺も参加したいなー」

弘樹はお願いをしてみた。

「しかたないわねっ。いいわ」

ようやくしのぶの承諾を得た弘樹は、ぐぐっと奥へと突きあげた。

「きゃーっ。やだっ。しのぶちゃん、そ、そんな、しないでぇっ」

春花は、膣の中でぐぐっとうごめくディルドの感覚に悲鳴をあげた。

シリコン樹脂のディルドはしっとりぷにぷにしているにもかかわらず、凶悪なほどにぐねぐねとうごめいて、春花を感じさせていく。

これはしのぶの膣の感触だ。おじさまがしのぶに夢中になるのもわかる。しのぶは春花よりずっと女子力が高い。

（ああ、しのぶちゃんって、なんて素敵なのかしら）

「ううっ、やっ、やだっ」

しのぶの悲鳴が春花の陶酔を破った。

「く、苦しいっ、苦しぃーっ」

友人の直腸粘膜に、男根がはまりこんでいくのがわかる。

双頭ディルドがぐちゅぐちゅと春花の膣襞をかき混ぜ、しのぶの肌が脂汗にまみれて緊張する様子、あふれて落ちる蜜液の量、ふるえる身体の感触が、しのぶが快感に呻吟《しんぎん》している様子が伝わってくる。

苦しいなんて嘘だ。鍛えられたしのぶの身体は、ディルドと男根をしなやかに受け止めて、二本差しを楽しんでいる。

「や、やだっ、苦しいよぉっ」

苦痛を訴えてはいるものの、寄せた眉根をせつなくあげて、唇を半開きにした表情は、快感をむさぼる女の顔だ。

「ごめん。しのぶちゃん。すぐだから」

「大丈夫よ。しのぶちゃん。私も、おじさまも、しのぶちゃんが大好きよ」

春花は、脇の下をスッと撫でた。

「あっ、あっ」

しのぶの身体にぶるぶるっと痙攣が走り、双頭ディルドがぐねぐねっとうごめいた。

おじさまのペニスに比べるとこぶりだし、シリコン樹脂の擬似陽根はしっとりぷにぷにした感触だが、膣の真ん中の狭いところをグイグイ押され、ふわっと来る甘い快感が生まれた。

「あっ、あぁあっ、んんっ……あぁ、気持ちいい……」

子宮口のズウンと響く快感とは、まったく違う気持ちよさだ。

（ウソよ。どうして？　これは何？　まさかＧスポット？　私、Ｇスポットが感じているの？）

地球の重力がなくなって空を飛んでいるような、ふわふわとした、とても幸せな快感だ。大好きなしのぶと抱きあい、間接的におじさまを感じているからかもしれない。思わず笑みが浮かんでしまう。

「あっ、あぁあっ。春花ぁっ。オジサンっ。あぁーっ、そんな、しないでぇーっ」

しのぶはせつない悲鳴をあげた。

前に双頭のディルド、アナルにペニスを入れられ、苦しくてならなかったはずなのに、弘樹の男根が後退するに従って、快感がふくらんできた。

「あっ、あぁっ、しのぶちゃん。んっ、き、気持ちいいよぉっ」

(私も気持ちがいいわ)

そう言いたいのに、声が出ない。

抜け出る寸前まで後退した男根が、再び腸奥へと侵入してきたからである。

アナルセックスは引かれるときは気持ちよく、突かれるときは苦しい。

苦痛の予感に身体が硬くなってしまい、声がぜんぜん出ないのだ。

ぐっじゅっ、と音を立てて直腸粘膜に沈んだ男根は、しのぶに甘い快感をもたらした。

さっきまでの苦痛が嘘のようだ。

「あぁっ、あぁあぁあっ、ぁあぁあっ」

しのぶはぶるっ、ぶるっ、と震えた。苦痛が快感へと裏返り、強烈なほどの気持ちよさに悶えてしまう。

「大丈夫か？　しのぶちゃん？」

「しのぶちゃん、大丈夫なの？」

「き、気持ち、いいのよぉっ!!」

ディルドがぐにゅぐにゅと前後左右に動き、Gスポットを刺激する。

Gスポットが感じるしのぶには、それだけで容易に絶頂に行き着いてしまうほどの快感だ。

「よかった。わ、私も、気持ちいいわ」

春花がちゅっとキスしてきた。

「ごめん。春花、嚙みそうだから、キスは、だめっ」

もう絶頂寸前で、絶え間なく痙攣は起こるし、目の裏は銀色に染まっている。

「うん。わかった。私、しのぶちゃんが、あぁっ、好きよぉっ」

「俺も、しのぶちゃんが、うっ、好き、だよっ」

乳首と乳首、クリトリスとクリトリスが密着してたまらない。

Gスポットの甘い快感と、陰核のビリビリくる静電気のような刺激、クリップにいじめられたラビアが生み出すじゅくじゅくした痒さが混ざりあう。

子宮がキュンキュン疼いてうるさいほどだ。

「イキそうよぉっ」

しのぶは絶頂寸前ではなく、いくつもの絶頂を極めながら、さらなる大波を待っている状態にいた。

「うーっ」

弘樹は、引き剝がすようにして腰を使った。

前に双頭のディルドを入れているから、アナルはひしゃげて狭くなっていて、律動するのに苦労する。

大汗を搔いているのは、しのぶの直腸粘膜が熱くたぎっているからでもあった。

「あっ、あぁっ、……か、感じるっ、気持ちいいっ。……もうだめっ、イキそうっ、イキそうよぉっ!!　あ、……んっ」

しのぶは歯の根もあわないほどに痙攣を続けていた。

直腸壁と膣肉を隔てる媚膜越しに、双頭のディルドがうごめいている様子がわかる。

それが、単調になりがちなアナルセックスの感触のアクセントになっていた。

「私も、私もっ、イキそうよぉっ」

春花が嬌声をあげた。

双頭のディルドでは膣奥まで届かない。

「春花、もしかして、Gスポットで、感じてる？」

「そうよぉっ。私、真ん中がいいのっ！」

「すごい！」

春花は、Gスポットでは感じなかったから、つい誉めてしまったところ、思わぬ回答が返ってきた。

「だって、しのぶちゃん、だものっ！」

「ははははっ」

不快感はなかった。しのぶを敵視することもあった春花が軟化してくれてうれしくなる。

「ああっ、……春花、春花ぁっ！」

しのぶがせつない声をあげた。

ぶるぶるっ、ぶるぶるっと震えている。

絶頂寸前どころか、イキまくっているはずなのに、腕に力を入れて上半身を支え、春花に体重を掛けないようにしているところがけなげだった。

「オジサンッ、精液を、精液をちょうだいっ。もうイくっ。死にそうっ」

「あぁっ、おじさまっ。おじさまぁっ！　しのぶちゃんに精液をあげてっ」

二人の声が交互に響き、お腹の底から歓喜の感情が忍びあがってきた。

「あははっ」

愉快な衝動に駆られ、セックスの最中なのに笑ってしまう。

しのぶと春花が仲良しだと安心だ。

腰の奥が熱い。陰嚢の奥で、精液が作られているのがわかる。

もう弘樹も射精寸前だった。

最後のひとつきのつもりで、ぐぐっとペニスを引いた瞬間、いきなり射精がはじまった。

「うっ、で、出るっ！」

弘樹は、あわてて腸奥深く突きこんだ。

しのぶのお尻の穴に向けて、勢いよく射精する。

「イっちゃうっ！」

直腸粘膜に射精を受けたしのぶが絶頂を迎えた。

ガクンガクンと震えている。しのぶが大きくふるえるたびに生ゴムのような直腸壁がキューッと締まってたまらない。

射精途中の男根から、精液をしごきたてるような、そんな動きだった。

射精の最中の、エレベーターで急速上昇するような、重力がめちゃくちゃになる錯覚に身体を委ねる。

「う、うわっ、くーっ」

（大丈夫かな）

春花が下敷きになりそうで心配していたが、その春花も絶頂を迎えた。

「イくっ！」

後頭部と足裏で身体を支え、腰を突きあげたブリッジの姿勢で硬直する。

「うーっ、うぅっ」

射精の勢いは強くなったり弱くなったりしながら、長い時間をかけて出た。

しのぶの痙攣は治まったものの、まだ絶頂から覚めない様子で、人形のように硬直している。

最後の一滴までしのぶの直腸粘膜に射精した弘樹は、ペニスをゆっくりと抜こうとした。ようやく気付いた。二人はしっかりと抱きあっていた。タイプの違う二人が、恋人同士のように抱きあっている様子は、とても愛らしかった。

ペニスを抜くと、春花の硬直がほどけて腰が落ち、次にしのぶが目を覚ました。しのぶは、自分で双頭のディルドを抜くと、春花の横に寝転がる。

たっぷりと愛しあった二人は、満足そうな笑みを浮かべ、弘樹を見上げて笑っている。

「二人とも、大好きだよ」

弘樹を頂点にした三角関係は、綺麗な二等辺三角形を描いて安定していた。

「私もよ。おじさま」

「オジサンは嫌いじゃないわ」

「あはは」

弘樹は声をあげて笑った。

エピローグ

海浜幕張駅前の大通りに、少女たちの楽しそうな声が響いている。

「ふふっ、だからね……でさ」

「やだもうっ。しのぶちゃんらしいなぁ」

黒髪ロングヘアに花柄のワンピースがよく似合う春花と、ショートカットにホットパンツのしのぶは、腕をからめて歩いている。

二人の間に漂う親しげな空気は、仲良し二人組というよりは、恋人同士のそれだ。ボーイッシュ少女と女の子女の子した女子高生の二人連れは、宝塚のようであやしげだ。

弘樹は、二人のあとを、少し離れて歩いていた。

三人でデートするときは、どうしてもこうなってしまう。

しのぶの締まったお尻が、ホットパンツの中でくりくり動く様子を見ていると、この少年っぽい彼女が、お尻の穴さえ調教済みのかわいい奴隷《どれい》なんて、信じられない気分になる。

今日のデートは映画だった。駅前のシネマコンプレックスに行った。

弘樹の好みで、ロボットアニメの劇場映画を選んだが、二人とも意外なほどに楽しんでくれた。

『はじめて見たけどおもしろかったわ』

『ふん。アニメなんてくだらない。時間の無駄よ』

『ふふっ。しのぶちゃん、手に汗握ってわくわくしていたくせに』

ホテルに移動し、三人でセックスだ。

今日はしのぶを思い切りいじめよう。春花にも、アナルセックスを試してやろう。

想像するだけで興奮する。

「あのう、すみません」

若い女性に話しかけられ、足を止める。

「郵便局に行きたいんですが、迷ってしまって」

「郵便局なら、右に曲がって左側にありますよ」

弘樹がのんびりした足取りで歩いていたため、道を聞きやすかったのだろう。

女性がおじぎをして去っていった。

「ありがとうございました」

先を歩いていた春花が踵を返して戻ってきて、弘樹の腕を取った。

「おじさま。デートなんだから、私を見て」

身体をすりつけられ、ドキドキしてしまう。

「道を聞かれただけだよ」

「それでも、だめ。おじさまは私たちの恋人なのよ」

かわいい嫉妬に顔がほころぶ。

迷うように立っていたしのぶが、そっと背後に回りこみ、弘樹のスーツの裾を持った。しのぶも同じ気持ちらしかった。

弘樹は右腕で春花のウエストを抱き、左手を後ろに伸ばしてしのぶと手をつないだ。

「大好きよ。おじさま」

「ふん。オジサンは嫌いじゃないっていうだけよ」

「ねぇ。おじさま。私たちを好き？」

タイプの違う美少女二人にまとわりつかれる弘樹を、道行く人が眺めながら歩いていく。

弘樹は、得意な気分で宣言した。

「もちろん、二人ともが大好きだよ」

この作品は書き下ろしです。原稿枚数459枚（400字詰め）。

GENTOSHA
OUTLAW
BUNKO

両手《りょうて》に花《はな》を

若月凜《わかつきりん》

平成23年12月10日　初版発行

発行人――石原正康
編集人――永島賞二
発行所――株式会社幻冬舎
〒151-0051東京都渋谷区千駄ヶ谷4-9-7
電話　03(5411)6222(営業)
　　　03(5411)6211(編集)
振替00120-8-767643
印刷・製本―中央精版印刷株式会社
装丁者――高橋雅之

幻冬舎アウトロー文庫

ISBN978-4-344-41794-6　C0193　　O-87-5